Kader Abdolah

De reis van de lege flessen

ROMAN

Aangevuld met vier verhalen uit
De adelaars en *De meisjes en de partizanen*

Deze uitgave werd verzorgd door uitgeverij J. M. Meulenhoff, Amsterdam, met een licentie van Uitgeverij De Geus, Breda.

De verhalen 'Rivieren zijn getuigen' en 'Fagrimoloek' komen uit de bundel *De meisjes en de partizanen* (De Geus, Breda, 1995) en 'Een nacht' en 'De witte schepen' uit *De adelaars* (De Geus, Breda, 1993).

Het gedicht op pagina 8 en 9 is van Shamseddin Mohamad Hafez uit de gedichtenbundel *Hafez*.

Eerste druk 1997, twaalfde druk 2006
Copyright © 1997, 1995 en 1993 Kader Abdolah
Vormgeving omslag Brigitte Slangen
Foto auteur Joost van den Broek

www.volkskrant.nl
www.vantweewerelden.nl

ISBN 90 290 7873 1 / NUR 301

Inhoud

De reis van de lege flessen 7

Rivieren zijn getuigen 159

Fagrimoloek 175

Een nacht 191

De witte schepen 203

De reis van de lege flessen

ول خرابی میکند دلدار را گر کشید | زینهار ای دوستان جان من جان شما
حرمتان بادا مدام ای ساقیان بزم جم | که جام باده نمی‌آید به دوران شما
ای صبا با ساکنان شهر یزد از ما بگوی | کای سر حق ناشناسان گوی چوگان شما
گرچه دوریم از بساط قرب همت دور نیست | بنده شاه شماییم و ثنا خوان شما
ای دو دارای خاک شیخون کان چو با گذری | کذر این بر کشته لبهای پرستان شما
ای شهنشاه بلند اختر خدا را همتی | تا ببوسم همچو گردون خاک ایوان شما

روزی ای با اهل شکرلاف شمان شا

دل میروز و صاحب دلان خدا را | درد ما را زنهان خواهد شد آشکارا
و زد و جور دوران افسانه است افسون | نیکی بجای یاران فرصت شمار یارا
کشتی شکسته‌ایم ای باد شرطه برخیز | باشد که بازبینیم دیدار آشنا را
ده روزه مهر گردون افسانه است و افسون | های الصبوح بنوا یا ایها السکارا
ای صاحب کرامت شکرانه درویش بی‌نوا را | روزی تصدقی کن درویش بی‌نوا را
آسایش دو گیتی تفسیر این دو حرفست | با دوستان ملطف با دشمنان مدارا
هرکه نیکی می پسندی تنبیه کن تو ما را | او تو می پسندی تنبیه کن خدا را
تا بروضه دار و احوال ملک دارا | ای باده سکندر جام جمست بگیر
سرکش مشو که چون شمع از غیرت سوزد | و گر که درکت او موم سنگ خارا
کر مطرب عریفان این پارسی نوامد | در وعده وحالت آرد پیران پارسا را
آن تیغ دوش کصوفی اثر الخش خانه | اشهی لنا و احلی من تقبله العذارا
هنگام تنگدستی درویش کوش و مستی | کاین کیمیای هستی قارون کند گدا را
خوان پاری کو گشنه گان مصرغدا نه | ساقی بده بشارت پیران پارسا را

ساقی کوثر نوشیدی این خرقه می آلود را | ای شیخ پاکدامن معذور دار ما را
ساقی بنور باده برافروز جام ما | مطرب بگو که کار جهان شد بکام ما

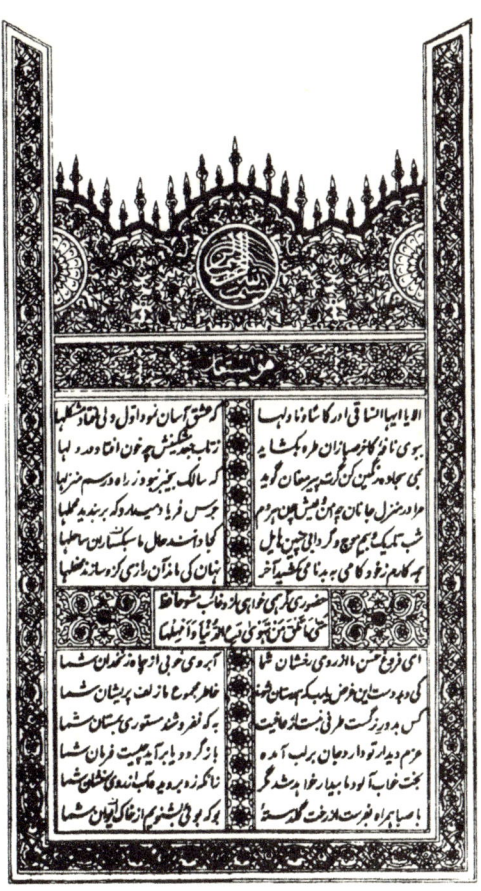

I

Een vliegtuig. Tegenwoordig is het een vliegtuig dat in mijn slaap tevoorschijn komt. Vroeger raasden er treinen door mijn dromen. In grote aantallen bezorgden ze mij nachtmerries.

De treinen kwamen aan. De treinen gingen weg. Ze vervoerden passagiers naar mij. Daarna gingen ze leeg terug.

Nu zijn de treinen verdwenen. De laatste trein nam René mee. René was mijn buurman. Mijn eerste Hollandse buurman.

Mijn wereld bestaat uit twee delen. Het ene deel ligt tussen de bergen in mijn vaderland. Het andere ligt hier in een dorpje langs de IJssel. Dit heb ik nooit zo gewild. Maar ik had geen keus. Het ging buiten mij om.

Ik woon in een hoekhuis. Rechts van ons is geen huis. René woonde links. Bij de achtertuin ontmoette ik hem voor het eerst. Later was die achtertuin ook bijna de enige plek waar ik hem tegenkwam. Alle herinneringen die ik aan hem heb, hebben met onze achtertuin te maken.

René is met de laatste trein verdwenen, maar zijn achtertuin is er nog.

Wanneer was dat precies?

Zo precies weet ik dingen niet meer. Maar het zal ongeveer zeven jaar geleden in maart of in april zijn geweest dat ik René voor het eerst ontmoette.

Als vluchteling werd mij een huis aangeboden. We werden er door iemand van de gemeente heen gebracht. Hoewel de weg aan de andere kant lag, reed hij om langs de IJssel, over de dijk.

Hij wilde ons de omgeving van ons toekomstige huis laten zien. Daarna ging het over een smal weggetje, tussen de weilanden door, langs oude boerderijen. Toen reed hij door een wijk. Onverwachts stopte hij voor de deur van een hoekwoning.

Ik zette mijn koffer in de lege woonkamer en ging voor het raam staan. Er liep een sloot achter het huis. Ik was niet gewend aan dat uitzicht. Alles wat de man van de gemeente ons had laten zien had ik nu in zicht. De groene weilanden. De trekkers. De hooibergen die bedekt waren met zwart plastic. De grazende koeien. De dijk die nu in de verte achter de bomen verdween. En de mensen die hun hond uitlieten.

Vroeger zag ik de bergen als ik uit het raam keek. Ik wilde naar de achtertuin, maar ik wist niet met welke sleutel. Onze begeleider maakte de achterdeur voor me open. Het gras van de tuin stond hoog. Tot dat moment had ik nog nooit in Hollands gras gestaan.

Ik keek naar de tuin van René, mijn buurman. Het eerste wat me opviel was zijn pruimenboom. De boom had nog geen vruchten, nee, pas later, in de zomer zag ik de pruimen aan de takken hangen met hun magische kleuren blauw, zwart en paars, schitterend in de zon.

Een paar dagen later kwam ik René in de tuin tegen. Hij was lang. Een kop groter dan ik. Zevenenveertig jaar oud en blond haar. Ikzelf was toen drieëndertig en mijn haar was zwart.

'Hallo!' riep hij vrolijk. 'Zo, jij bent mijn nieuwe buurman?'

In het opvangcentrum had ik mezelf een beetje Nederlands geleerd, maar ik kon het nog niet in praktijk brengen.

'Ja, ja,' zei ik aarzelend. 'Ik ben de buurman.'

Het hek was laag en kapot, maar vormde toch een afscheiding.

Aanvankelijk dacht ik dat René alleen woonde, maar dat was niet zo. Af en toe verscheen er een meisje achter het raam. Een meisje van vijftien of zeventien.

Ik kon een paar zinnetjes maken:
'Wie is het meisje dat af en toe achter het raam verschijnt?'
'Is ze jouw dochter?'
'Waarom woon je alleen met je dochter?'
Ik gebruikte geen van die zinnen. Ik had niets met hun leven te maken.

Maar of mijn nieuwsgierigheid nu normaal was of niet, de vragen kwamen ongewild naar boven.

Had René een vrouw?

Ik wist het niet.

'Waar is je vrouw?' zou ik kunnen vragen.

Zo ging het niet. Normaal worden zulke vragen niet gesteld. Men hoort alles van de buren of pikt het gewoon op uit zijn omgeving. Maar mijn woordenschat of mijn zinnenschat was nog te klein om op die manier antwoord op mijn vragen te krijgen.

Wij waren de nieuwkomers. Buitenlanders. Wij telden nog niet mee. We moesten lang wachten tot we de geheimen van de wijk zouden mogen horen.

We woonden nu een paar maanden in de wijk, in die straat. De buren liepen ons voorbij. Net alsof we er niet waren. Alsof er geen vreemdelingen waren in hun straat. Ik keek ook niet naar hen, daarom wist ik nog niet wie bij welk huis hoorde en welke vrouw bij welke man.

Maar de buurt hield ons wel in de gaten. De vrouwen uit onze straat verstopten zich achter de gordijnen en controleerden wat we voor ons huis kochten:

'Gordijnen.'
'Een eettafel. Nee, een schrijftafel.'
'Een spiegel.'
'Een hangklok. Kijk eens, een grote hangklok hebben ze gekocht. Waar hebben ze zo'n ding nou voor nodig?'

'Een jas. Heeft-ie op de rommelmarkt gekocht.'
'Ouderwetse tuinstoelen.'

Ik zette een stoel in de tuin en ging Nederlands zitten leren. Het was warm. Een warme zomer. In mijn eigen land kon ik wel in de zon leren, maar in mijn eerste Hollandse zomer kon ik het niet. Me concentreren lukte niet. De zomer was totaal nieuw voor me. De vogels, de ramen waar je doorheen kon kijken, de bomen, het gras, de mieren, de geluiden, de halfnaakte vrouwen in de tuinen kregen al mijn aandacht en lieten me die vreemde woorden maar niet onthouden.

René lag in zijn tuin. Door het kapotte hek zag ik een gedeelte van zijn melkachtig witte rug. Hij was blank. Ik donker.

Hij draaide zich om. Een grasspriet hing aan zijn navel. Hij verplaatste zich een beetje naar boven. Opeens kwam er een dikke, kleurloze, gerimpelde pik tevoorschijn. Zo'n pik had ik zowel qua maat als qua kleur nog nooit gezien. Feitelijk had ik tot dat moment nog nooit de pik van een ander gezien. Nou ja, ik vergis me. Ik had er wel eens een gezien. Eén keer maar. En ook nog behoorlijk onduidelijk in het donker. De pik van Asgar de Kale, de fietsenmaker van mijn geboortedorp.

Niet dat het taboe was. Maar er was in mijn omgeving gewoonweg geen blote pik om te bekijken. Als ik met mijn vader naar het badhuis ging, waren er ten minste honderd, honderdvijftig mannen aanwezig. Ze zaten zich op de grond te wassen. Ze bonden een doek om hun middel. Maar hoewel ik nieuwsgierig was, zag ik geen penis die per ongeluk vanonder een handdoek opdook.

Mijn vader waarschuwde me altijd in het badhuis: 'Goed zitten, jongen. Goed zitten. Luister! Ik zei goed zitten!'

Ik was zo vaak gewaarschuwd door mijn vader dat mijn handen vast en zeker op mijn ding liggen als ik nu ineens doodga.

Geleidelijk stuitte ik op andere vreemde dingen in de wijk. En ik moest wennen. Aan alles wennen. De sloot maakte me bang. Ik was bang dat mijn zoontje erin zou verdrinken. De omgeving van mijn ouderlijk huis had de kleur van de stenen. De rotsen die in de zon een andere kleur hadden dan in de regen. Ook moest ik aan die overheersende kleur groen wennen. Een koe in de mist was nieuw voor mij. Ook de Hollandse buien kende ik niet. Ik wilde niet nat worden, bleef binnen tot de bui ophield, maar hij hield niet op. Aan die blote benen, buiken, borsten, billen en aan de taal moest ik wennen. En René, mijn buurman, zou ik zonder onderbroek moeten accepteren.

Ik kon wel Engels praten, maar de taal die ik moest leren was het Nederlands. Ik wilde het meisje dat af en toe 's ochtends in de tuin kwam verrassen met een paar correcte Nederlandse zinnetjes op het moment dat ze een donkerblauwe pruim wilde plukken: 'Een goede morgen. Ik ben Bolfazl. Wie ben jij?'
Ik kocht een paar woordenboeken. Nederlands-Engels. Engels-Nederlands. Nederlands-Nederlands. Nederlands-Arabisch. Arabisch-Nederlands.
Nederlands-Perzisch en Perzisch-Nederlands bestonden niet.
De hele dag, de hele avond was ik bezig met de taal. Ik kon wel lezen, maar correct spreken lukte me gewoonweg nog niet. Ik was onzeker, sprak aarzelend.
Na een halfjaar had ik nog steeds geen echt contact met René. Ik kwam hem gewoon in de tuin tegen.
'Hoi,' riep hij.
'Hallo,' antwoordde ik.

Geleidelijk kwamen de Hollandse vrouwen aan de deur. Omdat we vluchtelingen waren, boden ze ons tweedehands spullen aan.
'Wil je dit hebben?'
'Nee, dank u wel.'
'De zomer is voorbij, deze heb ik niet meer nodig. Wil jij ze

misschien? Ze zijn schoon, hoor. Ik heb ze goed gewassen.'

'Nee, dank u wel.'

'Wil je misschien deze kleren passen? Ze zijn nieuw, hoor.'

'Nee, dank u wel.'

Ik wist niet of ze contact zochten of ons gewoon uit liefdadigheid iets wilden geven. Maar wij keken er heel anders tegenaan. We beschouwden het als een soort vernedering. We kwamen uit een cultuur waar men absoluut geen tweedehands dingen van een ander accepteert.

'Bolfazl,' riep René.

'Wat is er?'

Hij stond met een oude herenfiets in zijn eigen tuin.

'Je hebt nog geen fiets. Wil je deze misschien hebben?'

Hij overrompelde mij.

'O ja, dank je wel,' zei ik.

De fiets wilde ik wel hebben, omdat het me bevrijdde uit huis. Ik accepteerde hem omdat het leek alsof René de fiets expres voor mij had bewaard.

Vanaf mijn jeugd had ik niet meer gefietst. René had lange benen. Ik niet, tenminste niet zo lang als de zijne. Maar dat gaf niets. Ik was gewend aan hoge fietsen. Vroeger hadden we slechts een fiets, één grote fiets voor alle mannen van ons huis.

De fiets stond altijd op de gang voor de degene die hem nodig had. Voor noodgevallen. Een zieke naar de stad brengen. Medicijnen halen. De vroedvrouw waarschuwen.

Op een dag pakte ik de fiets en trapte staande naar de winkel van mijn vader: 'Vader! Kom gauw! Grootvader wordt niet meer wakker.'

2

De dagen vlogen voorbij. Ook de nachten. De Hollandse tijd was anders dan de tijd in mijn vaderland. De inhoud van je nachten was anders. Je zoon lag boven in bed en je zat met je vrouw beneden op de bank. Soms praatten we over het verleden. Soms zeiden we niets. Gewoon wachten. Op wat? Op wie?

Op niets. Alle nachten zouden op elkaar lijken. Maar de dagen hadden altijd iets nieuws voor ons.

Op een vroege morgen ontmoette ik een man in de tuin van René. Nou ja, ontmoette, ik zag hem, ik zag een mannetje met twee oorbelletjes dat in de tuin stond. Zijn ogen en gezicht waren grauw en hij rookte als een schoorsteen.

'Goedemorgen buurman,' riep hij.

Buurman? Ik zijn buurman? Maar hij sprak de waarheid. Ook hij was mijn buurman. De hele wijk wist het behalve ik. Ik wist niet dat ik twee buurmannen had. Alle buurvrouwen hadden al maanden over mijn tweede buurman gesproken, maar ik had er nog geen woord over gehoord.

'Dag meneer,' riep ik terug.

'Je hoeft me geen meneer te noemen,' zei het mannetje en vertelde hoe hij heette. Maar ik vergat meteen zijn naam. Sommige namen worden niet in mijn hersens opgeslagen. Ik doe ook geen moeite om die namen uit te leren spreken. Toen ik hem zag, wist ik meteen dat ik zijn naam niet zou kunnen onthouden. In zulke gevallen geef ik zelf een naam aan die mensen. Ik noemde hem Moka Moka.

Een jaar was niet genoeg. Ik moest vele seizoenen wachten op de geheimen van de wijk. Maar voordat al die seizoenen zouden komen en gaan, werd er geklopt. René stond voor de deur. Hij had een keurig net, blauw pak aan en een rode stropdas om. Zijn gele broekriem was opvallend. Van zijn grote pik was geen spoor te bekennen.

'Ik ben jarig. Komen jullie vanavond bij mij op bezoek?'

Het moeilijke woord 'gefeliciteerd' kende ik wel, maar op dat moment kon ik het nog niet uitspreken. Ik kende geen alternatief woord. Dus stak ik mijn hand uit en zei: 'Dank je wel.'

'Wat dank je wel? Komen jullie? Of komen jullie niet?'

Ik keek naar mijn vrouw.

'De buurman is jarig,' zei ik in onze eigen taal. 'Zullen we vanavond bij hem langsgaan?'

'O, wat leuk,' zei ze gemakkelijk, in het Nederlands, tegen René. 'Ja, we komen. We vinden het leuk.'

Toen hij wegging, deed ik de deur voorzichtig dicht. Ik moest lachen. René met dat grote melkachtig witte ding in zijn broek wilde kaarsen uitblazen.

Bij ons thuis vierde niemand de geboortes. Dood. De dood was belangrijker voor ons. Mijn grootvader was lang geleden gestorven, maar zijn hoed hing nog altijd aan de kapstok. Af en toe zette ik de hoed op en ging ik voor de spiegel staan.

'Te groot, jongen,' riep mijn moeder, 'nog veel te groot voor jouw hoofd.'

De geboortedatum van mijn grootvader kenden we niet, maar de dag van zijn begrafenis was wel bekend. Die dag trakteerde mijn moeder de mensen op pruimen bij zijn graf. De laatste donkerblauwe pruimen moesten we aan ons boompje laten hangen. Die werden door mijn moeder geplukt en in een mand gelegd. Ik mocht de mand naar het graf dragen.

Weifelend gingen we met een bos bloemen naar Renés huis. Ik keek door het raam naar binnen. Er was niemand, geen gast, geen ballon, geen bloemen en geen extra licht. Ik was bang dat hij niet jarig was en ik hem verkeerd had begrepen. Ik belde aan. Het mannetje opende de deur.

'Ik twijfel. Moesten we vanavond komen of vergis ik me?'

'Kom maar binnen. Jullie zijn welkom.'

'René!' riep het mannetje. 'Kom, de buurman is er. En de buurvrouw ook.'

Zijn adem stonk, naar nicotine, bier en vet.

René kwam. Eerst wilde hij mijn vrouw zoenen, maar halverwege stopte hij.

'Ge-feli-ci-teerd,' zei ik onhandig.

Ik zocht naar het meisje. Ze was er niet. Ik dacht dat ze misschien later kwam, maar ze kwam niet. Ik verwachtte dat er andere mensen zouden komen, maar er kwam niemand. Wij waren de enige gasten. Er brandde geen enkele kaars. Ook stond er geen taart. Misschien had René zijn verjaardag op een andere avond gevierd en had hij ons nu met opzet apart uitgenodigd.

'Ben je echt jarig?' zei ik.

'Ja hoor. Vanavond ben ik achtenveertig geworden.'

Een groot zwart tweepersoonsbed onder het raam trok meteen mijn aandacht. Eigenlijk wist ik waarom dat bed daar stond. En ook weer niet. Want voor mij was het vreemd dat in een huis waar een meisje woonde, zo'n bed voor de mannen was. Ik begreep dat de mannen bezweet in elkaars armen lagen, maar niet dat het meisje op dat moment rustig boven in bed kon slapen.

Pas toen mijn moeder bij mij op bezoek kwam, zou het tot mij doordringen.

Omdat René met dat mannetje samenwoonde, was ik benieuwd naar sporen van zijn vrouw. Ik liep door de woonkamer en stuitte op een paar vreemde foto's die aan de muren hingen. Foto's van naakte mannen. Foto's van mannelijke billen. Zachte billen. Bleke billen. Harige billen. Ik keek naar mijn vrouw. Zijn we in een val gelopen? las ik in haar ogen. Nee, dat gevoel had ik niet. We waren ineens uit een cultuur waarin alles achter gordijnen gebeurde, in een halfnaakte samenleving gevallen. Ik dacht dat ik voorlopig mijn mond zou moeten houden en goed zou moeten kijken, goed luisteren naar mijn omgeving.

Moka Moka wendde zich tot mijn vrouw. En ik liep verder door de kamer. Er hing ook een andere foto. Een aparte foto. De foto van de borsten van een vrouw in de spiegel. Een handvol. Waren ze rijp? Nee, net niet rijp. De foto trok mijn volle aandacht.

Zijn die borsten in de spiegel van jouw dochter?

Zo'n zinnetje zou nooit in het Perzisch bij mij opkomen. In het Nederlands kon ik het ook nooit uitspreken. Maar het op papier zetten lukte me wel.

3

Foto's maken was het enige wat René deed. Af en toe een zwart-witfoto. Hij zocht naar nieuwe ideeën. Nieuwe onderwerpen. 'Maar er is niets nieuws in mijn omgeving,'
Lang had hij niets gefotografeerd. Tot mijn moeder bij mij op bezoek kwam.
Toen woonden we al anderhalf jaar in dat huis.
Hij maakte een grote zwart-witfoto van mijn moeder.
'Bolfazl,' riep René me op een middag in de tuin.
'Wat is er?'
'Ik heb iets voor je moeder.'
'Voor mijn moeder?'
Hij overhandigde me een grote, ingelijste zwart-witfoto.
Mijn moeder stond erop met uitgestoken hand over het hek.
Een jonge, vrouwelijke hand legde een pruim in haar handpalm.
De laatste pruim. De oude hand van mijn moeder en de jonge hand van het meisje vormden samen een beeld waarop de pruim als een traan in de handpalm van mijn moeder viel.
Mijn moeder keek naar de foto.
'Hoe kom je aan die foto, jongen?'
'René, René heeft hem gemaakt,' zei ik.
Zij wendde het hoofd af. Ze wilde de foto niet hebben. Niets van René. Beslist niet.

René was bezoedeld.
'Naast René wonen is een straf,' zei mijn moeder.
'Hoezo straf? Een straf waarvoor?' vroeg ik.

Zij legde het niet uit en wilde het er verder niet over hebben.

Mijn moeder was gelovig. Ze had haar eigen principes en keek totaal anders naar de veranderingen in mijn leven. Haar idee van straf was totaal iets anders dan de straf die in de woordenboeken stond.

Nee, René was helemaal geen straf. Juist een steun. Een toeverlaat voor mij. Ik mocht altijd naar hem toe als ik vragen had.

Omdat ze het er niet meer over wilde hebben, zei ik verder ook maar niets. Mijn moeder was van haar vertrouwde omgeving, naar Nederland, bij mij op bezoek gekomen. Alles wat ze zag, was tegen haar geloof en strafbaar.

'God, bescherm mijn zoon. Vergeef hem zijn oude moeder,' hoorde ik haar op een keer tijdens haar nachtelijke gebeden zeggen.

Ik wist dat ze zelfs niet zou kunnen denken aan wat er in Renés huis gebeurde. Ik was er zeker van dat ze er nooit achter zou komen. Maar ik vergiste me.

Ik verstopte de foto achter de kast. Toen mijn moeder weg was, hing ik hem op in de woonkamer. Mijn moeder, met haar sluier en haar hand die uitgestoken was naar een pruim.

Mijn moeder had last van haar knie, kon de trappen niet iedere keer op en af.

Evenals René plaatste ik een bed onder het raam in de woonkamer. Zo kon zij op haar gemak midden in de nacht wakker worden en bidden.

Het was tegen de avond. Ik zat boven in mijn studeerkamer. Ineens kwam mijn moeder vanuit de tuin rennend naar boven, ondanks haar pijnlijke knieën.

'Wat is er, moeder?'

Ze snelde naar de badkamer.

'Water, waar staat het water?' riep ze terwijl ze haar mouwen omhoog deed.

Ik draaide de warme kraan voor haar open.

Haastig waste ze armen, voeten en gezicht voor het bidden.

Ze sloeg haar chador om en ging richting Mekka staan.

In de tuin kon je Renés bed bij zonsondergang tevoorschijn zien komen. Op het moment dat de zon haar laatste lichtpijlen op de kamer van René richtte, dook in de lijst van het raam het bed op. Ik had het vaak gezien, maar leeg. Het toeval bepaalde het anders voor mijn moeder. Ze zag een bed en twee spiernaakte mannen. Een grote en een kleine. Eerst geloofde ze haar ogen niet. Ze keek dus opnieuw aandachtig naar het raam. Nee, het was geen verbeelding. Het waren de blote buurmannen van haar zoon.

Wat kon ik tegen haar zeggen? Hoe kon ik het uitleggen?

'Lagen ze in bed, moeder?'

'Stonden ze op het bed?'

'Deden ze iets wat niet mocht?'

Bij ons was het ongepast om zulke vragen te stellen. Zo'n gesprek kon tussen ons nooit plaatsvinden. Ik moest haar met haar God alleen laten. Weggaan uit haar omgeving.

Een halfuurtje stond ze te bidden. Toen ze ermee klaar was, mompelde ze: '*Maarg, maarg. Toeti maarg.*'

Ze had het over een papegaai en de dood, maar ik begreep niet wat ze ermee bedoelde.

'Waar heb u het over, moeder?'

'Niets, jongen,' zei ze en veegde haar tranen weg met haar chador.

De hele nacht vloog een papegaai in mijn slaap. Een papegaai uit een oud Perzisch verhaal. De papegaai zit al jaren in de kooi. Op een nacht sluit hij zijn ogen en valt ineens om.

'Ach, mijn papegaai is dood,' jammert de oude eigenaar.

Hij haalt de dode papegaai eruit en gooit hem weg. Ineens komt de papegaai weer in beweging en ontsnapt.

'Waar ga je nou zo haastig naartoe?' roept de oude man verbaasd naar zijn papegaai.

'Naar huis. Naar huis. Naar huis,' roept de papegaai en verdwijnt.

Mijn moeder wilde niet meer op haar bed slapen.

'Ruim dat ding maar op, jongen, ik ga wel op de grond slapen.'

'De grond is hier koud, moeder, vochtig. U krijgt pijn in uw benen.'

Zij wilde niet. Ze wilde zelfs niet meer onder het raam slapen. Ik ruimde dus haar bed op en legde een matras voor haar op de grond neer.

Als René opdook, verdween mijn moeder. Ze mocht René niet, maar zijn dochter wel. Ik geloof dat ze met haar meeleefde. Omdat ze voelde dat het meisje gevangenzat, in de cel van haar vader. Ze had zelf vier dochters. Haar jongste had enkele jaren in de gevangenis gezeten. Zij wist wat het betekende, een meisje in haar eentje in een cel.

'Hoe heet dat meisje?'

'Ik weet het niet precies, maar ik denk dat ze Marina of Miranda of... iets met een M en een T.'

'Mietra misschien.'

'Nee, moeder,' zei ik. 'Mietra is een Perzische naam.'

'Waar is haar moeder?'

'Ik weet het niet.'

'Hoe kan een meisje in dat huis blijven wonen?' zei ze.

'Ik weet het niet, moeder.'

Zij bad voor haar. Zij bad voor mij.

Hoewel ze René niet mocht, had René wel respect voor mijn moeder. Hij begreep goed dat het een bijzondere reis voor haar was. Ik had hem verteld dat ik in mijn eigen land nooit de kans kreeg om iets aardigs voor haar te doen en ik haar met goede herinneringen terug naar huis wilde laten gaan. Dat mijn moeder gelovig was en niet gemakkelijk een reis maakte. En hij zei altijd dat als ik iets voor haar komst nodig had, ik het aan hem mocht vragen.

Een week voordat mijn moeder kwam, zag ik een eenpersoonsbed op het gras in mijn achtertuin staan. René had het daar neergezet.
'Het is voor je moeder. Ze moet toch een bed hebben als ze komt.'
Hij had gelijk. Ik had er nog niet bij stilgestaan.
Op een koude herfstavond toen mijn moeder nog bij mij was, werd er geklopt. Er klopte haast nooit iemand op onze deur 's avonds.
'Wie is daar?'
'Ik ben het.'
Het was René en hij had een paar dekens bij zich.
'Vannacht wordt het koud. Hier, extra dekens voor je moeder.'
Voorzichtig verstopte ik de dekens onder de bank. Mijn moeder was boven. Zij mocht het niet weten, anders zou ze meteen haar koffer pakken en zeggen: 'Breng me weg. Ik wil niet meer bij jou in huis blijven.'

4

In het begin was René gewoon mijn buurman, alleen een buurman. Daarna was hij voor mij een levend woordenboek. Mijn eerste contacten met hem gingen over de woorden, de zinnetjes die ik niet begreep. Maar naarmate de tijd verstreek, veranderde de inhoud van onze gesprekken. Ik kon zelf mijn problemen oplossen, maar toch riep ik hem te hulp. Waarom deed ik dat? Waarom probeerde ik het contact met hem levend te houden?

Misschien omdat ik uit een andere cultuur kwam, een samenleving waarin iedereen elkaar steunde. Of misschien omdat René dat wilde. Hij voelde zich eenzaam. Ik voelde me verlaten. Dus zochten we elkaar op. Maar pas toen mijn moeder kwam, brak er een nieuwe fase aan.

'René, ben je thuis?'
'Kom binnen.'
'Weet je misschien waar Mekka ligt?'
'Wat zei je?'
'Ik vroeg of je weet waar Mekka ligt.'
'Mekka?'
'Kijk, mijn moeder wil richting Mekka staan, maar ik weet niet meer wat de goede richting is.'

Ik had een nieuwe afwijking gekregen, maar dat had ik nog niet zo in de gaten. Ik was mijn oriëntatievermogen kwijt. Pas toen mijn moeder bij mij kwam logeren, ontdekte ik ineens dat ik me niet meer kon oriënteren. Bij mijn ouderlijk huis kon ik met gesloten ogen aanwijzen in welke richting Mekka lag, op welke plek de zon opkwam en waar ze onderging. Maar in Nederland moest ik de zon tussen de wolken zoeken.

Mijn moeder had een extra probleem. De tijdstoornissen. Omdat de zon lang in de lucht bleef hangen, wist ze niet meer wanneer ze met haar avondgebeden moest beginnen.

'Is het nu avond of is het nog middag?' vroeg ze.

'Kijk niet naar de lucht,' zei ik. 'Kijk naar die hangklok.'

De grote hangklok, die ik op een rommelmarkt had gekocht en die de dagen, de uren en de minuten telde die ik in Nederland verbleef.

We waren net thuis van Schiphol. Mijn moeder deed haar schoenen voor de deur uit en ging naar binnen. Haar koffer had ik nog in mijn hand. Zij ging midden in de woonkamer staan. Eerst keek ze naar links, toen naar rechts. Ik ging ervan uit dat ze wilde weten hoe haar zoon, die zoveel jaar op de vlucht was, zich opnieuw gevestigd had.

Ik was benieuwd hoe ze zou reageren.

'Bolfazl!'

'Ja, moeder.'

'In welke richting ligt Mekka?'

Het was een klap in mijn gezicht. Ik voelde me gevangen. Ik zette de koffer op de grond neer en deed een poging om Mekka tussen de wolken te zoeken. Door het achterraam keek ik naar buiten. Het was nog licht, maar er was niets bijzonders te zien. De koeien stonden moe van een dag lang grazen in de weilanden. De sloot wachtte stil op de avond en de dijk lag vochtig tussen de bomen naast de rivier. Ineens zag ik een kerktoren die zijn kop boven de dijk uitstak.

'Daar moeder, ziet u dat? Het hoofd van die kerktoren.'

'De kerk? Ik zie geen kerk.'

'Eerst moet u naar die dijk kijken. Naar die lange lijn, net boven de lijn tussen die bomen, ziet u dat? De kerktoren heeft zijn hoofd uitgestoken. U moet zich op die kerk, op die toren richten.'

De kerktoren functioneerde een paar dagen goed. Boven in mijn studeerkamer, waar mijn moeder haar dagelijkse gebeden deed, was hij gemakkelijk te zien. Maar opeens riep mijn moeder me naar boven.
'Bolfazl?'
'Wat is er, moeder?'
'De kerk is verdwenen.'
'De kerk?'
'De toren, de kerktoren is verdwenen.'
Ik rende naar boven. Ze had gelijk. De toren was opgelost in de mist.

René! Ik moest het aan René vragen. We konden samen een oplossing voor mijn moeders probleem vinden.

In zijn woonkamer opende hij een versleten atlas. Ik zocht eerst naar Saudi-Arabië. Toen naar Mekka.

Ik noteerde een paar dingen. René liep naar de schuur en haalde een oud kompas. Vervolgens gingen we naar mijn huis, naar boven. Met het kompas in zijn hand deed hij het raam open en keek naar de naald. Toen sloeg hij het raam dicht en keek opnieuw op het kompas.

'Die kant op, Bolfazl. Die kant op.'

Met behulp van Renés atlas en zijn kompas kreeg ik mijn oude oriëntatievermogen voor een groot deel terug. Nu kon ik tenminste weer de plaats aanwijzen waar de zon opkwam, zelfs als het een week lang regende.

En ik wist weer waar de zon onderging, ondanks de ontbrekende bergen.

Ik wilde mijn moeder roepen om haar de richting van Mekka aan te wijzen, maar René zei: 'Wacht eens even! Ik weet nog iets beters.'

We gingen naar de zolder, naar die donkere zolder van René.
'Allemaal rotzooi,' zei hij.
Ik zag niets. Of toch, de schaduwen van de spullen in het schaarse gele licht. Op zijn knieën ging hij op zoek naar iets. Hij probeerde het me uit te leggen, maar ik verstond hem niet. Ik begreep alleen dat hij naar een vogel zocht.
Een vogel?
Een haan bedoelde hij. Een haan die aan mijn richtingstoornissen definitief een einde zou maken.
Gehurkt zat ik te wachten op een haan die hij tevoorschijn wilde halen.
'Ik heb hem,' riep hij uit het donker.
Hij hield een ijzeren ding in het licht.
We gingen naar beneden. Daar legde hij het verroeste platte ijzer dat aan een stok zat op tafel.
'Wat is dat?'
'De haan.'
'Een haan?'
Met een lapje veegde hij het stof van het ijzer, hield het ding bij de houder vast en zette hem rechtop op de tafel.
'Zo moet het eigenlijk zijn,' zei hij.
Het was een windwijzer, een kerktorenhaan, die geen haan meer was, maar een versleten, roestige vogel.
De haan zat vastgeroest op zijn as en kon niet meer met de wind meedraaien. Dat was ook precies Renés bedoeling.
'Vast,' zei René, 'de haan zit goed vast.'

Dat kan niet, dacht ik. Een haan moet bewegen. Geen enkele haan kan op zijn as vastzitten. Zolang de haan op zolder, in het donker, tussen de rotzooi lag, was het een dode haan. Maar nu René hem weer in het licht had gebracht, moest hij zich bewegen, volgens mij.
De hanen in mijn gedachten bewogen. De hanen van mijn kindertijd waren gespierde, vechtende hanen die reuzenspron-

gen konden maken. De hanen die met hun ijzeren snavels en poten een gezin moesten onderhouden. Net als onze buurman die met zijn haan brood verdiende voor zijn zes kinderen. De haan van ons huis sprong op de muur voordat de zon opkwam en hij maakte mijn vader wakker voor zijn ochtendgebed. Nee, zomaar een haan op zolder kende ik niet. Een haan moest een taak hebben. Zoals de haan van Hassan de Verdwaalde.

Hassan de Verdwaalde was een oude man, een zwerver met een haan. Een grote haan met een ijzeren snavel. Hassan was al over de tachtig en was van achter de bergen gekomen. Opeens stond er een oude man op het dorpsplein.

'Waar kom je vandaan, Hassan?'

Hij wist het niet. Maar de haan wel. De haan was de wegwijzer, de richtingwijzer. De haan liep voorop en Hassan volgde hem. Verdwaald, Hassan was eeuwig verdwaald.

Als Hassan zijn zwarte, versleten hoed op de kop van zijn haan zette, lag de haan als een geit naast Hassan. Als de haan de hoed op zijn kop had, bewoog hij niet. Net een dode haan. Maar zodra Hassan die hoed wegnam, kwam zijn haan tot leven en dan bleven zelfs de dapperste jongens uit zijn buurt.

Op die warme middag lag de haan zoals altijd met zijn kop onder de hoed in de schaduw. Plotseling kwam Asgar de Kale, de fietsenmaker van het dorp, luid bellend langsrijden. De haan stak zijn kop onder de hoed uit. Zodra hij Asgar de Kale op de fiets zag, maakte hij een reuzensprong op de schouder van Asgar. Met zijn ijzeren snavel sloeg de haan drie keer op Asgars blote hoofd.

Asgar pakte zijn mes uit zijn broekzak.

'Hassan, luister goed! Ik maak je haan af. Dan moet je tot het eind van je leven blijven dwalen.'

'Kom!' riep Hassan tegen zijn haan. 'Wijs de weg! We moeten gaan.'

De haan keek naar links, daarna naar rechts. Toen koos hij

voor links. Hassan pakte zijn stok, zette zijn hoed op en liep zijn haan achterna.

René zette de ladder tegen de muur van zijn schuur en ik hield hem vast. Met de ijzeren haan in zijn hand klom hij de ladder op. Voorzichtig kroop hij naar de top van het dak.
'Het kompas,' riep hij.
Voorzichtig gooide ik het kompas naar hem toe. Hij probeerde er de goede richting mee te vinden. Hij keerde de kop van de haan een paar keer naar het zuiden, vervolgens naar het zuidwesten en uiteindelijk naar het oosten.
'Touwtje!' riep hij.
Ik gooide het touwtje naar hem toe en hij bond er de haan mee vast aan de oude schoorsteen.
'Klaar,' riep René.
Even later ging ik mijn moeder halen.
'Zo, moeder. Zo moet u gaan staan. In de richting waarin de haan staat.'
'Welke haan?'
'De haan van René, daar boven op de schuur. Als u naar dezelfde richting kijkt waar de haan naar kijkt, hebt u Mekka voor u.'
René keek naar ons, naar mijn moeder met haar sluier.
'René heeft het voor u gemaakt moeder.'
'*Mamnoenam,*' zei mijn moeder tegen René, '*barayat doa gaham kard.*'
'Wat zei je moeder?'
'Ze zei dat ze straks voor jou gaat bidden.'

's Avonds haalde mijn moeder het bekende oude heilige parfumflesje uit haar koffer. Een klein flesje rozenparfum uit de tuinen van Mekka, dat haar vader als souvenir voor haar meegebracht had. Eigenlijk was het een leeg flesje, maar zoals gewoonlijk deed ze met de top van haar vinger een beetje parfum op haar grijze haren en ging speciaal voor René bidden.

Op dat moment had mijn moeder René nog niet bloot met Moka Moka in bed gezien. Een maand later, toen ze die scène had gezien, wilde ze niet meer naar de haan kijken. Ze had er grote problemen mee.

'Jongen, ik kan niet meer bidden in je huis. Midden in mijn gebeden springt die haan ineens tevoorschijn.'

Ik kon niets voor haar doen. Soms nam ik haar mee naar een Marokkaanse moskee. Maar het hielp niet.

'Die haan achtervolgt me steeds,' zei ze.

5

Van René mocht ik altijd zo zijn huis binnengaan. Zelfs als de deur niet op slot zat, hoefde ik niet te kloppen.

Meestal ging ik via de achterdeur.

Die avond stak ik mijn hoofd net als altijd naar binnen en riep: 'Is er iemand thuis?'

Ik hoorde niemand. Het was stil. Ik dacht dat René boven was. Dus ging ik de woonkamer in. Ineens zag ik ze samen in bed. Niet bloot. Heel stil. Ze lagen naast elkaar met hun pakken en hun schoenen aan. René had een strikje om en Moka Moka een das. Hun haren goed gekamd, hun ogen dicht en hun armen op hun borst gevouwen. Hun gezichten zagen er erg bleek uit. Lijken, die straks in een kist gelegd zouden worden.

René opende zijn ogen. O, ze waren niet dood. Ze sliepen naast elkaar met hun pakken aan.

'Hai, Bolfazl!'

Hij kwam overeind.

'Ik dacht dat jullie met die nette pakken en fijn gepoetste schoenen...' probeerde ik te zeggen. Het ging niet helemaal, maar hij begreep me wel.

'We zijn in slaap gevallen,' zei René. 'Eigenlijk wilden we samen naar een verjaardag, maar we twijfelden. Gaan? Niet gaan? We lagen dus naast elkaar om even na te denken en zo vielen we in slaap.'

'En wat doen jullie?'

'Ik weet het niet. Ik weet echt niet of ik wel of niet moet gaan. Geef me goede raad, Bolfazl. Gaan of niet gaan?'

'Wie is er jarig dan?'
'Anneke.'
'Wie is Anneke?'
'Mijn ex-vrouw. Zij heeft ons uitgenodigd voor haar verjaardag.'
'O, jouw ex-vrouw?' zei ik. 'Even nadenken. Een goede raad. Wat kan ik zeggen? Moeilijk. Maar als ik jou was, luisterde ik naar mijn hart. Gaan dus. Onmiddellijk gaan.'
'Goed gezegd. Ik moet naar mijn hart luisteren. Mijn hart klopt snel, te snel, spannend. Vooruit, jongen. We gaan,' zei René en kwam overeind.
Ze gingen samen de deur uit.

Sliepen onze mannen soms ook samen in één bed?
Niet in een bed, wel op het dak. Met z'n allen.
's Avonds als het warm was gingen de mannen van ons huis het dak op. Daar lagen we naast elkaar, zonder bed, gewoon op de aarde van het dak.
En 's nachts?
De nacht was zoals hij zou moeten zijn, een echte Perzische nacht. Wij, de mannen van het huis, zetten de ladder tegen de muur. Eerst was grootvader aan de beurt. Als oudste jongen mocht ik de ladder vasthouden. Als altijd klom hij met hoed en wandelstok behoedzaam de ladder op.
Als boomstammen lagen we op het dak.
'Opa, sliepen jullie vroeger ook zo naast elkaar?'
'Precies op die manier. Ik lag op de plek waar jij nu ligt en mijn grootvader lag op de plaats waar ik op dit ogenblik lig.'
'Waar waren de vrouwen van het huis als de mannen op het dak lagen?'
'Beneden, jongen. Net als nu bleven ze beneden.'
Ik kwam overeind, op mijn knieën kroop ik naar de rand van het dak. Op zoek naar de vrouwen keek ik naar beneden. Ik

hoorde wat tussen de bomen in de tuin, maar ze waren opgelost in het donker, zo opgelost dat je niet meer kon onderscheiden of het de vrouwen waren of boomstammen.
'Vraag om thee, jongen,' zei grootvader.
'Moeder! Moeder!' riep ik. 'Waar ben je?'
Het gezicht van mijn moeder kwam uit het donker tevoorschijn.

Nu kende ik René bijna twee jaar en ik ging vaak bij hem langs, maar ik had zijn dochter nog nooit gesproken. Ik liep haar soms wel toevallig tegen het lijf.
'Hallo,' zei ze.
'Hallo,' zei ik en passeerde haar.
Ik wilde met haar praten, maar ik deed het niet. Ik wilde het en ik wilde het niet. Zij was de dochter van René. Ik moest trouw aan het huis blijven, waar ik zonder afspraak in en uit kon lopen. Dus een hallo was voldoende. Maar ik wist dat ze me in de gaten hield. Als ik in het donker in de tuin ging staan om te roken, wist ik dat ze boven achter het raam naar me keek. Of als ik bij René in de woonkamer aan de houten tafel ging zitten, hoorde ik meteen haar voetstappen boven. Dat ze haar slaapkamer verliet en zachtjes de trap af naar beneden kwam. Ik boog me over mijn tekst en tussendoor vroeg ik aan René waarom dat zinnetje niet goed was. Ik merkte dat de deur naar de trap behoedzaam openging. Ik wist dat als ik mijn hoofd zou opheffen en naar de deur zou kijken, ik de helft van haar gezicht in de spiegel zou zien, die op de gang aan de muur hing.

Ik had altijd de neiging om naar boven te gaan, om de deur van haar kamer te openen en te kijken hoe ze boven alleen in bed lag, op het moment dat de mannen samen beneden lagen.
Maar ik hoorde bij de mannen, bij René en ook bij de andere

man, Moka Moka, die meestal niet thuis was en alleen voor het bed kwam.

Op zoek naar haar ging ik op een avond het huis binnen. Ik wist dat René niet thuis was. Ik deed de gangdeur voorzichtig open en riep: 'Is er iemand thuis?'

Ik hoorde niets, wilde naar boven, maar nee, ik bleef staan. Ik wilde nog eens roepen, maar ik deed het niet. Eén keer roepen was voldoende.

'René, waar is Mietra? Ik zie haar niet meer.'

'Mietra? O, je bedoelt Miranda? Ze is weg.'

Ik voelde dat hij er niet over wilde praten. Het was een privézaak waar ik me niet mee mocht bemoeien.

Toch vroeg ik het ook aan Moka Moka.

'Weet je waar Miranda is?'

'Weg,' zei hij. 'Zij is weg, het huis uit.'

Weg zijn, weggaan, het hoort bij al die vrouwen die ik kende. Ik sjouwde altijd een fiets, een bus, een trein met me mee, een vliegtuig waar een vrouw in zat en waarmee ze wegging.

Hoe zou Miranda weggegaan zijn?

Eerst op de fiets, daarna was ze misschien met een trein verder gegaan.

Ik pakte mijn fiets, de fiets die ik van René gekregen had, en fietste de route waarlangs ze gefietst zou kunnen hebben. Bij het stoplicht bleef ik staan. Ik mocht niet verder. Ik hoorde bij het huis. Ik moest thuisblijven.

Vroeger ging mijn moeder vaak weg, altijd maar weg.

'Waar gaat u naartoe moeder?'

'Naar de moskee,' zei ze en sloeg haar chador om.

'Mag ik ook mee?'

'Ach, je bent een man van vijf. Je hoort al bij de mannen.'

'Waar gaat u te voet naartoe, moeder?'

Ze knoopte haar zwarte sluier vast, deed haar groene sjaal om, trok haar stevige schoenen aan en zei: 'Naar de pelgrim in de bergen.'
'Mag ik ook mee?'
'Nee, jongen. Je moet bij de mannen blijven.'

'Waar gaat u naartoe moeder?'
'Ik ga naar het graf van mijn moeder, jongen.'
'Nu? In het donker?'
'Ja, ik ga daarheen om op heilige dadels te trakteren.'
'Ik ga met u mee.'
'Dat kan niet. Bij het trakteren van de heilige dadels mogen geen mannen aanwezig zijn.'

En nu was mijn moeder weer weg.
Ze vloog naar huis. Wederom mocht ik niet met haar mee. Ik moest naast René blijven wonen.

6

'Bolfazl! Kom je iets bij me drinken?' Het was René die me riep.
'Ja, ik kom.'
Ik deed mijn dikke jas aan en zette een pet op.
'Zullen we in de tuin gaan zitten?' zei ik.
'Nu, in die kou?'
Hij zette twee stoelen in de tuin. Daarna een paar flessen.
Hij trok de kurk van een van de flessen en deed het donkerbruine spul in de glazen. Er stond geen tafel, René zette de fles in het gras. In het koude gras.
De nacht was helder boven ons hoofd, maar in de verte stonden de wolken al klaar om te regenen. Soms prijkten er enkele sterren tussendoor.
'Hebben jullie ook wel eens een heldere nacht?' vroeg René.
'Bij ons zijn de nachten helder.'
'Ook sterren?'
'Veel, heel veel sterren.'
'Proost!' René hief zijn glas.
'Op je gezondheid,' zei ik.
'Valt er bij jullie ook soms een ster?' vroeg René.
'Zeker. Omdat de nacht helder is en je miljarden sterren boven je hoofd hebt, valt, vallen er soms een paar sterren tegelijk. Eigenlijk vallen de sterren bij ons net zoals de vliegtuigen bij jullie.'
'Wat zei je?'
'O niets. Ik was even ergens anders in mijn gedachten.'

Eigenlijk zat ik op dat moment niet op de stoel in het gras, maar op het dak van mijn vaderlijk huis. En ik zat niet. Ik lag.
 We lagen op het dak naast elkaar. Ineens zag ik dat er een ster viel.
 'Kijk! Een ster!' riep ik naar mijn grootvader.
 'Rustig maar! Dat was geen ster.'
 'Ja. Hij viel. Ik zag het.'
 'Het was een *tajjareh*.'
 'Een *tajjareh*?'
 'Ja, maar hij viel niet. Hij daalde. Hij wilde landen.'

'Dronken jullie daar soms ook een glaasje wijn?' vroeg René.
 'Nee, geen wijn. Thuis dronken we thee. Een pot thee stond altijd klaar, en vijf, zes, zeven glazen op een messing blad.'

'Moeder! Moeder, moeder waar bent u?' riep ik van het dak, toen we daar gingen liggen.
 'Wat is er, jongen?' antwoordde mijn moeder.
 'Krijgen we een pot thee van u?'
 Grootvader waarschuwde me: 'Waarom roep je je moeder zo vaak? Luister, jongen! Roep de vrouwen maar één keer en dan moet je ze met rust laten. Als ze willen, komen ze vanzelf.'

'Zaten jullie ook soms met een buurman in de tuin om wat te drinken?' vroeg René.
 'Met de mannen van ons huis wel, maar niet met de buurman.'
 'Nooit?'
 'Niet nooit, soms, zo nu en dan, maar niet in de tuin, niet op het dak, in de kamer binnen de muren.'
 'De muren?'
 'Ja, de muren. Er was geen hek tussen ons en de buren, maar er stonden hoge dikke muren.'
 'En de vrouwen?' vroeg René.

'Onze vrouwen zaten wel samen met de buurvrouwen in de tuin.'
'Hoe in de tuin?' vroeg René.
'Net als wij nu. Als de avond viel.'

Ik had mijn eerste glas amper half opgedronken toen René de rest van de fles al leeg had. Hij opende een nieuwe fles.
'Er was dus geen relatie tussen de mannen en de vrouwen,' zei hij.
'Jawel. Er was best contact tussen de mannen en de vrouwen.'
'Nee, ik bedoel, contact tussen de buurman en de buurvrouw was dus niet mogelijk,' zei René.
'Jawel. De vrouw mocht *salam* zeggen tegen de man.'
'Alleen maar *salam*?' zei René.
'Ik weet het niet. Ik heb het alleen over de vrouwen van ons eigen huis.'
'Als *salam* het enige contact tussen de vrouwen en de mannen was, hoe kwam jij dan met het buurmeisje in gesprek toen je verliefd op haar was?'
'Geen gesprek,' zei ik, 'daar was geen gelegenheid voor.'
'Wat deden jullie dan?'
'Kijken. We keken naar elkaar,' zei ik.
'Maar als de hoge, dikke muren tussen jullie stonden, hoe konden jullie dan naar elkaar kijken?' vroeg René.
'Ik zette een ladder tegen de muur en ging op het dak staan.'
René hief zijn zoveelste glas op.
'Proost!' zei hij.
Behoedzaam tikte ik mijn glas tegen zijn glas en nam een slok.
'Verbaasde het niemand wat die jongen daar op het dak deed?'
'De duiven, ik had mijn duiven op het dak,' zei ik, 'met een zakje voer ging ik op het dak staan. Mijn duiven kwamen lawaaiig op mijn schouders zitten.'
'En dat meisje?' vroeg René.
'Ze ging boven achter haar raam staan.'

'En als het donker was?'
'Als het donker was, deed ze voorzichtig het raam open.'
'En verder?' vroeg René.
'Verder? We praatten niet zo gemakkelijk over de vrouwen van wie we hielden.'

Buiten was het koud, maar vanbinnen was ik warm van de wijn die ik met René dronk. De wolken die in het begin van de avond nog ver waren, hingen nu boven ons hoofd. Een paar regendruppels vielen in mijn glas.

Ik had op mijn beurt heel wat te vragen aan René. Vooral omdat hij met mannen omging was ik benieuwd hoe zijn relaties met vrouwen waren:

'Waren er ook vrouwen op wie je verliefd was?'
'Hoe was het in je jeugd?'
'Hoe ontmoette jij je ex-vrouw voor het eerst?'
Maar een vluchteling is altijd voorzichtig met zijn vragen.

Vaak wilde ik hem vragen: 'Zeg, hoe was het die avond toen je met Moka Moka voor de eerste keer bij je ex-vrouw op bezoek ging?'

Maar ik stelde de vraag niet. Dat hoefde niet. Ik kon zelf wel fantaseren hoe het zou kunnen gaan, als je met een man bij je ex-vrouw op bezoek ging. Een man die in plaats van haar naast je in bed lag.

Hij draaide weer een dikke sigaret en stak hem aan. Hij inhaleerde diep en terwijl de rook uit zijn mond naar buiten kwam, nam hij een grote slok uit zijn glas.

De regendruppels tikten nu duidelijk tegen de lege flessen. Ze stonden voor mijn voeten in het gras, maar ik hoorde getik, het getik van regendruppels achter me. Ik draaide mijn hoofd weg. Ik zag een hoop lege flessen die naast elkaar in het donker stonden. Op het punt te vertrekken. Om hun reis te beginnen. De reis van de lege flessen.

7

Moka Moka woonde slechts een korte tijd bij René. Of misschien een lange tijd. Ik kreeg geen kans om met hem te praten. Eigenlijk wilde ik dat ook niet. René was mijn buurman, maar ik kon Moka Moka niet als buurman accepteren. Zijn gezicht, de beweging van zijn ogen, zijn gele tanden waar meestal etensrestjes tussen zaten en zijn adem die naar nicotine en rot vlees rook, alles deed me denken aan Asgar de Kale, de kinderlokker van mijn dorp. Als ik wist dat Moka Moka thuis was, ging ik er niet naar binnen. Hij kwam en ging. Waarom kwam hij? Waarom ging hij? Ik wist het niet. Voor mij was hij alleen de vriend van René, maar voor mijn moeder was hij het symbool van Holland geworden. Ik had geen behoefte om te weten in welk bed hij ging slapen. Of wie zijn nieuwe vriend was, maar één ding was voor mij duidelijk. Moka Moka ging met mijn moeder mee. Hij droeg haar koffer en ging naast haar in het vliegtuig zitten. Mee naar mijn ouderlijk huis om haar nachtmerries te bezorgen.

Nu sliep René alleen. Hij moest thuisblijven. Dat was zijn lot en hij kon het niet veranderen. Ik het mijne ook niet.
 Er zijn dingen die je nooit kunt veranderen. Constant waagde hij een poging, maar het lukte hem niet. Hij hield de poot van de houten tafel vast en bleef onveranderlijk brieven schrijven. Sollicitatiebrieven.
 'Wat voor soort baan zoek je, René?' vroeg ik.
 'Ik weet het niet,' zei hij, 'echt, ik weet het niet meer.'

Ik wist het ook niet. Ik was een vreemdeling die alleen maar verhalen in zijn hoofd had. Eigenlijk had ik hem moeten zeggen: 'René, stop met die brieven! Begin met je reis!'

Ik had het hem moeten zeggen, omdat ik het verhaal van gekke Karim kende en René niet.

Karim zat ook altijd thuis. Net als René aan een houten tafel. Hij schreef voortdurend brieven aan zijn geliefde, die in Zavarandorp achter een hoge berg woonde. En de reizigers namen zijn brieven mee voor zijn geliefde.

De onbereikbare berg bestond wel, maar de vrouw niet. De dorpelingen hadden die geliefde voor de grap voor gekke Karim geschapen. Zodra iemand hem tegenkwam, riep hij: 'Ach Karim, ben je nog niet weg? Ik dacht dat je je reis begonnen was.' Maar hij durfde niet. De hoge berg stond er als een monster tussen. Uiteindelijk gaf een oude man hem raad: 'Karim, stop met je brieven. Ga op zoek naar je geliefde.'

Ik vertelde het verhaal niet aan René, maar hij kon ook niets anders. Na een paar maanden legde hij de pen neer, pakte zijn fiets en ging op zoek naar Zavarandorp.

In het begin zat ik ook altijd thuis, maar ik solliciteerde niet. Ik kon nog geen brieven in het Nederlands schrijven. In een vlaag van pessimisme dacht ik dat ik altijd thuis zou moeten blijven en in die oude Van Dale naar de betekenis van de woorden zou moeten snuffelen.

Maar mijn werkloosheid duurde niet lang. Op een dag dook René onverwachts op in de lijst van ons voorraam.

Doe open, gebaarde hij.

Ik opende de deur.

'Kom gauw! Ik heb een baan, een baantje voor jou.'

'Een baantje voor mij?'

'Ja, voor jou,' zei René.

Waarom niet voor jezelf? dacht ik.

'Ik heb met een man over jou gesproken,' ging hij verder, 'misschien lukt het.'

'Maar ik kan nog niet zo goed Nederlands praten,' zei ik.

'Dat hoeft ook niet. Kom, kom mee, joh.'

Ik pakte mijn fiets en volgde hem langs de sloot. We passeerden een houten brug. Daarna fietsten we over een pad dat tussen de boerderijen verder ging. Na een kwartiertje fietsen sloegen we rechtsaf een doodlopende weg in, naar een boerderij. Aan het begin van deze weg was een kartonnetje aan een paal gespijkerd waarop slordig maar leesbaar geschreven stond: 'Sterke knecht gezocht'.

Het was een oude boerderij die met de rug tegen de dijk stond. We stapten af en gingen te voet verder. De hond van de boerderij holde ons blaffend tegemoet. Ik durfde niet verder te gaan. Een oude boer verscheen voor de deur van de stal.

'Terug,' riep hij.

De hond rende terug naar zijn baas. De boer herkende René.

'Dit is de man over wie ik het met u heb gehad,' riep René naar de boer. Hij kwam moeizaam op zijn klompen op ons af. Zwijgend wierp de boer een blik op mijn handen. Het ging mis. Ik had geen geschikte handen.

'Jij bent toch een buitenlander,' zei de boer met een zwaar accent.

Ik begreep niet of hij het als bevestiging of als vraag bedoelde.

'Ja, een buitenlander,' zei René, 'hij kan zelfs nog niet zo goed Nederlands praten.'

Teleurgesteld wees de boer naar een afvalberg die voor de stal lag en zei: 'Die wil ik over een week niet meer zien. Van mij mag je nu meteen beginnen.'

Ik keek naar de berg. Het was een oude mesthoop, begroeid met gras.

'Hij kan het,' zei René. 'Hé, Bolfazl? Je kunt het wel.'

De boer stak zijn grote hand naar me uit.

'Doen?' vroeg hij.

'Doe het, Bolfazl,' zei René, 'het is goed voor je. Je moet niet voortdurend in die boeken blijven zoeken. Doe het.'
Twijfelend stak ik mijn hand uit.
'Ik doe het,' zei ik tegen de boer.

Het leek alsof die mesthoop, die afvalberg, al jaren op me lag te wachten. De boer haalde een kruiwagen uit de stal, overhandigde me een grote schep en zei: 'Achter de boerderij ligt een grote kuil. Je moet de berg in die kuil gooien.'
Je kon niet rechtstreeks van de berg naar de kuil, want er stond een muur tussen. Ik moest de kruiwagen via de zijkant van de dijk naar boven duwen, daarna een stukje over de dijk verder lopen en dan pas afdalen en het afval in de kuil gooien.
'Begrijp je het? Of begrijp je het niet?' vroeg de boer.
'Ik begrijp het,' zei ik.

Ik begon. Telkens laadde ik de wagen vol en duwde hem de zijkant van de dijk op, vervolgens liep ik een stukje verder, dan daalde ik af naar de kuil en weer terug. De meeuwen hielden me gezelschap. Ze achtervolgden me de hele dag van de hoop tot de kuil.
Als eten kreeg ik gekookte aardappelen van de boer.
'Het schiet wel op,' zei hij op de derde dag.
'Ja, het schiet wel op,' zei ik.
Precies een week later was er van de berg niets overgebleven. Op het moment dat ik de laatste kruiwagen langs de helling naar boven duwde, kwam de boer met iemand van een andere boerderij op me af.
'Het is een goede kerel,' zei hij tegen de ander.
'Luister!' zei hij toen tegen mij. 'Die buurman van me heeft ook zo'n berg. Begrijp je me?'
'Ja, ik begrijp u,' antwoordde ik.
'Wil je die berg ook opruimen?'

De dag daarna ging ik met dezelfde kruiwagen en dezelfde schop naar de volgende boerderij. Ik was daar ook een week bezig. Op de laatste dag kwam er weer een nieuwe boer. Hij wilde weten of ik ook zijn stal kon schoonmaken. Op die manier ging ik van de ene boerderij naar de andere om te werken. Toen ik uiteindelijk na drie maanden weer naar mijn boeken terugkeerde, merkte ik dat René niet meer thuis was.

In zijn woonkamer was niets veranderd. Al zijn spullen stonden nog op hun plek. Maar ik had wel een voorgevoel dat mijn contact met hem voorgoed verbroken was. Ik wist dat ik mijn vragen niet langer aan hem kon stellen.

'René! Welke combinatie van woorden is juist: een bergmest? Of een mestberg?'

'René! Wat is het synoniem van het woord "wegzijn"?'

'René! Ik weet nog niet welke van deze twee woorden ik mag kiezen: de relatie of het contact.'

Mijn contact met René was verbroken. Geen echte gesprekken meer. Ik zocht naar een aanwijzing om mijn gevoel te bevestigen. Het bed stond nog steeds onder het raam. De foto's hingen nog altijd aan de muur. De houten tafel stond er nog. De gangdeur op een kier en de spiegel hing aan de muur van de gang. De spiegel die Mietra niet meer weerkaatste.

Ik ging in de herfstige tuin staan en keek vanaf het natte grasveld naar zijn raam. Het waaide hard. Het waaide koud. Ineens begon het nog harder te waaien. Ik hoorde iets knarsen in het geruis van de wind. Het was alsof er een verroeste stang met een droog geluid in een scharnier draaide.

'Ach, de haan. De ijzeren haan.'

De wind probeerde de haan boven de schuur in beweging te krijgen. Verbluft bleef ik naar de haan kijken. De geroeste haan draaide traag om zijn as.

René was voorlopig weg.

Zijn fiets stond in de schuur. Hij was te voet de deur uitge-

gaan. Vervolgens met een bus. Daarna misschien met een trein.
Dan mogelijk wederom te voet.

8

De zomer was allang voorbij. Zo voorbij dat er geen sporen meer van waren. De herfst met zijn koude wind was begonnen.

God, waar was die René gebleven?

De buren wilden niets van hem weten. Ik klopte aan de deur bij Renés buurman aan de andere kant.

'Meneer, weet u misschien waar René naartoe gegaan is?'

'Nee. Hoe moet ik dat weten?'

Ik ging naar de bewoners van de overkant. Naar de vrouw die meestal achter het raam stond en naar buiten keek.

'Mevrouw, weet u misschien waar René naartoe gegaan is?'

'Welke René?'

'Nou, René. De buurman van mij die daar, tegenover jullie, woont.'

'Nee, ik weet het niet, maar wat heb je met die René?'

'Niets bijzonders. Ik maak me alleen wat zorgen over hem.'

'Waarom? Waarvoor?'

'O, gewoon omdat hij lang weg is en ik niets van hem heb gehoord.'

Ik durfde niet naar de andere buren te gaan, anders zouden ze denken: waar heeft die man het over? Het gaat hem toch niets aan of René thuiskomt of niet?

Aan wie zou ik het nog meer kunnen vragen? Ik vroeg het de groenteman die met zijn wagen langskwam.

'Meneer, mag ik u een vraag stellen?'

'Ja, dat mag.'

'Die René...'
'Welke René?'
'Die buurman van me, waar u vaak groente bezorgt. Hij is al een hele tijd weg. Ik maak me zorgen over hem. Weet u misschien hoe ik erachter kan komen waar hij gebleven is?'
'Vakantie, hij kan best met vakantie gegaan zijn,' zei de groenteman.
'Nu nog met vakantie? Iedereen is allang terug.'
'Geen zorgen. Hij komt wel terug.'

Nu gingen de kinderen al weer dik twee maanden naar school. 's Avonds brandden alle kachels van de wijk, maar René was nog niet terug.
 Op één pruim na waren alle vruchten op de grond gevallen. De laatste pruim, donkerblauw, wachtte nog steeds aan de tak.
 Toen ik op een nacht in bed lag, sloot ik even mijn ogen. Een vogel vloog naar Renés boom en ging op de tak zitten. Met zijn snavel kwam hij aan de laatste pruim. De pruim viel.
 Volgens de wet van mijn dromen zou René niet meer terugkomen. Als de laatste pruim viel, was het afgelopen met hem. Zo zou mijn moeder mijn droom uitleggen.

Maar de dag daarna kwam René terug.
 Grijs, René kwam grijs terug. Zijn haar was lang geworden. Zijn baard was gegroeid. Zijn wenkbrauwen, ach God, het haar van zijn armen, van zijn benen was ook grijs. Hij had geen jas aan in die kou. Alleen een hemd zonder mouwen en een korte broek.
 Hij was niet René. Mijn droom was geen bedrog. René kon niet meer terugkomen. Het was iemand anders. Geen Nederlander. Wel iemand van mijn huis. Een grijze man die bij ons hoorde. Een personage uit een verhaal dat ik in mijn hoofd had. Een

man uit een verhaal. Een personage uit een oude Perzische mythe. Nee, het was René niet, maar de Djaal.

'De Djaal was grijs,' vertelt Hakim Ferdosi, de dichter. 'Van zijn jeugd af aan was hij grijs. Hij was grijs geboren. Hij was de zoon van een Perzische koning die de opvolger van zijn vader zou moeten worden. Maar ja, hij was grijs.
 "Dit kind is niet van mij," riep de koning, "weg met hem!"
 De knecht gooide het jongetje weg. Nee, niet weg. Hij bond het grijze kind op zijn rug en klom de hoge berg op. Eenmaal boven zette hij het kind op een rots neer en hij liet hem aan zijn lot over en daalde angstig af naar het paleis.
 Ineens kwam Simorg, de mythische vogel, vliegend tevoorschijn. Hij pakte het grijze kind met zijn krachtige poten en nam hem mee naar zijn nest, bij zijn kuikens.'

'Hallo René! Ben jij terug?'
Hij keek niet naar mij. Hij stond als een versteende, grijze man met zijn gezicht tegen de deur.
 'Waar was jij toch zo lang?'
Hij antwoordde niet.
 'Hoor je me niet, René?'
Hij had een sleutel in zijn hand en wilde naar binnen, maar het lukte hem niet. De sleutel paste niet meer in het slot.

'Lang, lange tijd later ging Djaal ook terug naar huis. Simorg, de mythische vogel, legde een sleutel in zijn hand en leidde hem naar het paleis van de koning.
 "Vooruit!" riep Simorg. "Doe de deur open!"
 Maar Djaal kon de deur niet openkrijgen. Hij kon zijn handen niet gebruiken om de sleutel in het slot te draaien.
 "Het is jouw huis," riep Simorg. "Probeer het nog eens."

"Ik kan het niet," mompelde Djaal en zette zijn voorhoofd tegen de deur van het paleis.'

'Zal ik je komen helpen, René?' riep ik. 'Geef de sleutel maar aan mij!'
Afwezig overhandigde hij de sleutel. Ik probeerde de deur te openen, maar het ging niet. De sleutel was verroest. Een dikke laag roest zat tussen de tanden.
'Deze past niet meer. Heb je misschien een andere sleutel bij je?'
Hij keek me aan. Tranen liepen in mijn ogen.
Ik zocht in zijn broekzak. Zijn zakken waren leeg.
'Even wachten, René! Ik kom zo terug,' zei ik en sprong over het hek naar onze eigen schuur. Ik wilde de roest tussen de tanden van de sleutel weghalen. Tussen de rotzooi was ik op zoek naar een velletje schuurpapier toen ik ineens een ruit hoorde breken. Ik rende naar buiten. Het was René. Hij had de ruit van de deur met zijn vuist kapotgeslagen en nu wilde hij met zijn bebloede armen door het gebroken glas naar binnen gaan.
'Wacht even! Wacht even! Wat ben je aan het doen?'
Ik sprong naar hem toe en hield hem vast en trok hem naar achteren. Maar hij was onberekenbaar. Hij gooide me aan de kant en haastte zich weer naar de deur.
'Help! Help!' riep ik zo hard mogelijk.
De buren hadden René wel gezien met die zomerkleding in de kou. Ze wisten dat er iets moest gebeuren. Nu wachtten ze achter de gordijnen op mijn kreet om hulp. Plotseling doken de mannen, de vrouwen, de jongens en de meisjes uit onze straat Renés tuin in. Drie mannen renden naar René toe, grepen hem beet en trokken hem met geweld naar de tuin. Ze drukten hem op het gras en hielden hem bij zijn schouders, armen en benen vast. Met de ogen van een koe keek René naar mij, naar Bolfazl zijn buurman, met zijn handen onder het bloed.
Een vrouw met een telefoon kwam op me af.

'Wat is hier aan de hand?'
'Sleutel, de sleutel,' zei ik.
'Hoezo de sleutel, wat betekent die sleutel?'
Op dat moment kon ik niet meer in het Nederlands praten. De woorden sprongen uit mijn geheugen.
'De sleutel, roest, de tanden verroest,' zei ik worstelend.
Ze begreep me niet. Ik was een getuige die door de woorden in de steek werd gelaten. Ik zocht naar de sleutel op de grond. Hij lag onder de voet van een van de vrouwen. Ik pakte hem en liet hem aan de vrouwen zien.
'Kijk! De roest. Zie je dat... hij wil niet. Hij wilde niet draaien... in... in het... in het slot.'
Een sirene gilde in de wijk. Een politieauto remde voor de deur. Drie agenten renden de tuin in. Een agent boeide Renés handen op zijn rug. De twee andere agenten kwamen te hulp en gezamenlijk trokken ze hem naar de auto. De kinderen gingen erachteraan.
Een van de agenten keerde terug en kwam naar mij.
'Was jij vanaf het begin aanwezig?' vroeg de agent.
'Ja, aanwezig.'
'Kan je me vertellen hoe het eigenlijk gebeurd is?'
'Hij kan niet goed Nederlands praten,' zei de vrouw met de telefoon, maar de agent trok zich er niets van aan.
'Zeg! Vertel! Vertel gewoon, rustig, wat je vanaf het begin gezien hebt.'
Ik strekte mijn arm met de sleutel op mijn handpalm naar de agent uit.

9

De politie had René meegenomen. Maar ik begreep niet waar naartoe.

De dag daarna kwam er een man uit onze straat met een plank en een hamer en wat spijkers in Renés tuin. Hij timmerde de deur met de gebroken ruit dicht.

'Meneer, waar heeft de politie René mee naartoe genomen?' vroeg ik aan de man.

'Ik weet het niet. Misschien naar een psychiatrische inrichting,' zei hij.

'Komt hij gauw terug?' vroeg ik.

'Ik weet het niet, maar ik denk van niet, nee, niet zo gauw.'

Of hij over een tijdje terugkwam of niet, zijn huis was nu toch een gesloten huis.

Renés huis was de verbinding tussen ons en de rest van de buren. Toen René nog thuis was, hoorde onze woning ook bij de andere woningen. Nu zijn deur dichtgespijkerd was, was deze verbinding verbroken. René was als een kraal van een ketting die gebroken was. Nu waren we niemands buren en hadden een nieuwe status gekregen: 'de buitenlanders die naast het lege huis wonen'.

Tijdelijk accepteerde ik dat etiket, omdat ik er niets aan kon doen. Maar om het etiket weg te krijgen, ging ik als uitzendkracht hier en daar werken. Ik wilde niet meer niets zijn. Die bittere smaak proefde ik nog altijd op mijn tong. Twee jaar had ik als vluchteling in Turkije gewoond. Ik wilde niet meer in die positie verkeren. In Nederland wilde ik weer zijn zoals ik in mijn vaderland was. Zelfs in een betere positie. Ik dacht: laat René dan weg zijn, ik ben er. Laat hij niet meer in dat huis wonen, maar ik blijf wonen in het huis naast het huis dat gesloten is.

De buren mochten denken dat ik een zielige asielzoeker was, maar ik was dat niet. René mocht vallen, maar ik niet. Ik moest overeind blijven.

Tegelijkertijd dacht ik dat ik een getuige was, een getuige die de vlucht tot het bittere eind wilde meemaken, maar ik deed geen poging om erachter te komen wat René overkomen was.

Feitelijk was ik bang, bang om de deur van een kamer in die inrichting te openen en ineens René te zien die aan zijn bed vastgeklonken zat.

'Hallo René!'

En hij zou dood naar me kijken en geen antwoord geven.

Vroeger was ik altijd bang voor die 'psychiatrische inrichtingen'. Nu vreesde ik dat ik in Nederland in een van die cellen terecht zou komen, waar ik als buitenlander met een ketting om mijn enkel verlaten in een hoek in het donker zat.

Ik wilde René wel zien, maar niet kapot. Ik wilde hem terug zien komen, maar op zijn eigen benen.

Sommige avonden, zodra het donker werd, miste ik hem. Misschien wel het meest op de avonden dat het regende. Ik dacht dat het niet om René ging, maar wel om 'weg zijn' en de avonden. 'Weg zijn' en de Perzische avonden. Op het moment dat de zon traag achter de hoge berg onderging en ik als jongen van zeven aan mijn moeder vroeg: 'Moeder, waarom komt mijn vader niet meer thuis?'

Het was een koude winter en de mannen waren werkloos. Hun werkloosheid hield zo lang aan dat ze niet meer met lege handen naar huis konden komen. Op zoek naar werk verlieten ze hun huis. Mijn vader moest ook weg. Hij vertrok en zijn afwezigheid duurde lang. Maanden kregen we geen bericht van hem.

Ons huis had uitzicht op de bergen en achter de bergen lagen kleine dorpen waar hij naartoe gegaan was om tapijten te repareren. Alle mannen waren allang terug, maar hij niet.

Niemand wist het. Niemand had hem gezien. Misschien was hij overvallen door extreem koud weer in de bergen. Misschien hadden de hongerige wolven hem omsingeld. Misschien was hij opgesloten in een dorp en moest hij wachten tot de dikke laag sneeuw gesmolten was en de weg weer te zien was. Iedere avond zette mijn moeder een stoel voor de deur en ik ging naast haar staan. We keken naar de bergen of hij uit het donker zou komen opdagen.

'Moeder, zeg eens, komt mijn vader ooit terug of komt hij niet meer?'

'Komt, hij komt mijn jongen, maar laat eerst deze sneeuw smelten. Dan zullen we zien.'

Uiteindelijk begon een warme wind te waaien. De jonge blaadjes van de pruimenboom begonnen onder de sneeuw te bewegen aan de takken. Ongeduldig wachtte ik tot de avond viel en ineens kwam René terug.

'Hai Bolfazl!' riep hij.

Hij was op eigen benen terug; terug met een gewoon gezicht en met ogen waarin zijn ziel aanwezig was.

Ik zette twee stoelen in het jonge gras en ook een tafeltje. Ik nam een fles mee en twee glazen. Hij haalde de kurk uit de hals van de fles en schonk de glazen in.

'Proost!' riep ik.

'Wat gebeurt er in de tuin?' riep mijn vrouw van boven.

'Drink een glas mee! René is terug.'

Zij kwam met in haar hand een kaars waarvan het vlammetje met de voorjaarswind meehuppelde.

'Proost!'

René was terug. Hij woonde weer in zijn huis. Alleen, maar wel met de foto's en de herinneringen.

Hij keek vaak naar de foto's aan de muur als hij in zijn eentje aan tafel zat te eten.

'Smaakt het, René?'

'Ga zitten, Bolfazl. Eet maar mee, als je wilt.'

Met mijn rug naar de foto's van die harige blote billen at ik staande wat mee.

Soms kookte René, soms niet. Soms maakte hij een pan vol spaghetti en stopte die in de diepvries voor de komende dagen. Het licht in zijn woonkamer brandde tot diep in de nacht. Ik keek soms door het raam naar binnen. Ik zag dat hij net als altijd aan die houten tafel zat, een fles voor zich had en rookte.

Eens, diep in de nacht zag ik door het raam dat hij op een vreemde manier midden in de woonkamer stond. Ik ging dichterbij staan. Hij had een schildersezel neergezet en stond bewegingloos met een kwast in zijn hand voor een wit doek te wachten.

'Ik wist niet dat je schilderde,' zei ik.

'Vroeger was ik tekenaar,' zei René, 'beeldhouwer zelfs. Maar ineens kon ik niets meer afkrijgen. Halverwege moest ik stoppen. Mijn gedachten lieten me in de steek. Ik probeerde verder te gaan, maar het ging niet. Radeloos ruimde ik al mijn schildersspullen op en zette ze op zolder. Nu wil ik opnieuw beginnen, maar het lukt me weer niet. In mijn gedachten blijft niets vast. Alles ontsnapt me. Er komt wel een idee boven, ik zet verf op het doek, maar ineens valt het idee uit elkaar en lost zich op in het niets. Dan blijf ik met het penseel in mijn hand, net als nu, lang voor het doek staan wachten.'

'Wachten? Waarop?'

'Op het idee. In de hoop dat mijn herinneringen me te hulp komen, dat het idee misschien terugkomt.'

'En als het niet terugkomt?'

Ik hoefde de laatste vraag niet te stellen. Ik wist dat zijn herinneringen hem in de steek zouden laten. Als de magie van de kunst je verlaat, blijft er niets anders dan een lege plek achter. Zoals het nest van een vogel die weggevlogen is.

Omdat ik een balling ben, relativeer ik de dingen op een vreemde manier. Beter gezegd, ik zoek een overeenkomst tussen gebeurtenissen. Het is verrassend dat mijn geheugen me daarin steunt. Mijn geheugen zoekt meteen in mijn verleden naar een parabel. In dit geval was het het verhaal van Gasem de Verteller.

Eerlijk gezegd vertrouw ik mijn herinneringen niet meer zo. Ik verzin al die verhalen zelf. Ik doe dat omdat ik bang ben. Ik vrees dat mijn geheugen me smadelijk in de steek zal laten. Ik doe het. Ik verzin zulke verhalen bij wijze van zelfverdediging. En ik geloof dat het het lot van een balling is dat zijn geheugen hem steeds meer in de steek laat. Maar of ik mijn herinneringen vertrouw of niet, het verhaal van Gasem de Verteller schoot me op dat moment te binnen. Het is het verhaal van de man wiens hoofd hem als het erop aankwam aan zijn lot overliet. Hij ging altijd op een verhoging staan en de mensen dromden om hem heen om naar zijn magische woorden te luisteren.

Op een avond toen hij wilde vertellen en weer alle dorpelingen om zich heen had, stokte hij ineens midden in het verhaal.

Gasem kon geen woord meer uitbrengen. Hij wist niet meer waar hij het over had. Hij wachtte even, dacht na, maar nee, het verhaal had hem verlaten. In stilte stonden de mensen naar hem te kijken. Hij probeerde iets te zeggen, een ander verhaaltje te vertellen, maar hij kon geen woord meer in zijn herinneringen vinden. De ziel, de magie die hem altijd steunde, was plotseling verdwenen. Hij had geen kracht meer om een verhaal te maken. Zijn hoofd was ineens leeg.

Hij kwam van de verhoging af. Men zei tegen hem: 'Geen probleem, morgenavond komen we weer naar je luisteren. Je bent moe. Waarschijnlijk heb je gisternacht niet goed geslapen.'

Maar de wijze mannen van het dorp kwamen erachter dat hij niet meer te redden was.

Nieuwsgierig gingen de dorpelingen de volgende avond weer naar het dorpsplein. Gasem ging op de verhoging staan en begon een van zijn oude verhalen te vertellen. Ademloos luisterde men naar hem. Men kende het verhaal, maar was benieuwd wat er straks zou gebeuren. Plotseling bleef de verteller weer steken. Hij was niet te redden. De wijste man van het dorp zei: 'Hij is leeg, verlaten.'

De dorpelingen troostten hem: 'Wees gerust, Gasem de Verteller. Er valt zelfs geen blaadje van een boom als God dat niet wil. Ga maar slapen. Misschien komen de woorden naar je terug terwijl je slaapt.'

Hij pakte zijn wandelstok en ging weg. Op een nacht stuitte hij op een onbekende, diepe rivier: 'Weet je, rivier, een leeg hoofd heb ik niet meer nodig. De wind maakt er een suizend geluid in. Ik heb hoofdpijn. Vul mijn hoofd, zodat de wind er niet meer in kan.'

Hij liep naar het midden van de rivier, opende zijn armen en ging liggen. De golven kwamen en namen hem mee, zodat de wind hem niet meer kon bereiken.

Nu het verhaal van Gasem de Verteller eenmaal in mijn gedachten vorm had gekregen, ontdekte ik een paar andere dingen tussen Renés spullen in zijn woonkamer. De beelden. Ik had ze niet eerder opgemerkt. Het waren beelden die je in je woonkamer op de grond neer kon zetten. René had ze van gips gemaakt en ze stonden allemaal verborgen achter andere spullen. Geen van de beelden was af. Aan ieder beeld mankeerde wel wat. Ze waren allemaal halverwege aan hun lot overgelaten. Een man verstopte zich achter de bank. Hij had geen gezicht, maar een krans van rozen op zijn hoofd verried wie hij was. Een paard stond half achter de kast. Hij had een vreemde houding. Je dacht: het paard gaat galopperen. Maar op het zelfde moment dacht je: nee, het wil niet meer, het is vergeten wat het van plan was.

Een vogel vloog tot net aan de rand van zijn nest en je wist niet of hij het nest wilde verlaten of naar zijn nest terug wilde komen.

Zelfs de foto's wekten nu twijfel bij me op: zijn die borsten op de foto Mietra's borsten?

Een paar keer wilde ik het verhaal van Gasem de Verteller aan René vertellen, maar ik deed het niet.

Typische eigenschap van ballingen: zwijgen.

Een balling zwijgt omdat hij weet dat de gebeurtenissen soms anders kunnen lopen dan verwacht. Vaak twijfelt hij en stelt liever vragen. Geen normale vragen, maar abrupte.

'René, kun je zwemmen?'

'Zwemmen?' vroeg hij verbaasd. 'Hoezo zwemmen?'

'Gewoon, zomaar zwemmen,' zei ik.

Het was niet zomaar een vraag. Hij was doelgericht. Ik maakte me echt zorgen om René, vreesde dat hij niet kon zwemmen.

Hij begreep niet waarom ik het vroeg, maar ik moest het te weten komen. Constant waren mijn gedachten bezig om René te laten verdrinken in de IJssel.

Ik wilde René niet naar de IJssel voeren, maar mijn gedachten deden dat wel.

René ging behoedzaam midden in de nacht de deur uit. Hij liep naar de dijk, praatte in het donker tegen de IJssel. Daarna liep hij naar het water, spreidde zijn armen en ging liggen. Toen namen de golven hem mee om de wind uit zijn hoofd weg te nemen.

'René! Kun je het of kun je het niet?'

'Wat?'

'Zwemmen?'

'Nee, niet zo goed, maar ik kan me wel redden.'

Gelukkig, dacht ik en ik ademde diep, hij kan zich wel redden.

Het beeld werd door mij teruggedraaid. De golven spoelden René aan. Aarzelend klom hij de helling van de dijk op en liep naar de boerderijen terug.

10

Was mijn relatie, mijn contact, met René veranderd nadat hij was teruggekomen?
Hij was wel terug, maar eigenlijk ook weer niet. Hoe kan ik het uitleggen? Hoe kan ik een juist Nederlands woord kiezen om mij te uiten? Ik heb geen keuze. Ik zet twee tegenovergestelde zinnen naast elkaar:
René was terug. René was niet terug.
Ik zag hem zijn shagje draaien in de woonkamer, maar tegelijkertijd was hij er ook niet.
Ik zag dat hij stond te koken, maar het was René niet. Renés houding was anders. Vroeger als ik hem in de keuken zag, wist ik meteen dat het René was, maar nu twijfelde ik. Zijn bed stond nog altijd onder het raam, maar hij sliep zittend achter die tafel.
'René, moet je niet naar bed?' vroeg ik.
Het was tegen twee uur 's nachts. Ik was bang dat hij zijn sigaretje op de bank zou laten vallen en dat zijn huis in brand zou vliegen.
Ik doofde zijn sigaretje in de asbak en bracht hem naar bed.

Eigenlijk was René niet terug. Ik wist het. De keuken wist het. De woonkamer wist het. De stoel waarop hij zat voelde het. Zelfs het bed had zijn afwezigheid geaccepteerd. De tuin die aan zijn lot was overgelaten wist het ook al lang. Maar René zelf wist het nog niet.
Het duurt even tot je gelooft dat je uit je huis weg bent. Zo

gaat dat. Lang geleden was hij al weggegaan. Ik begreep dat René ook verbannen was. Maar wanneer hij precies uitgestoten was, daar kon ik niet achterkomen.

Was het op het moment dat zijn vrouw hem verliet?

Was het gebeurd op het moment dat hij trouwde?

Nee, ik geloof dat hij trouwde om te ontkennen dat hij niet als een normale man uitgestoten was. Om zijn twijfel over het verlangen naar mannen weg te drukken.

Het moest dus nog eerder gebeurd zijn.

In zijn jeugd misschien.

Of precies met zijn geboorte. Geboren zijn en meteen verbannen worden.

Zulke dingen zijn moeilijk te achterhalen. Vooral in dit geval, waarvan ik geen gegevens had. Ik kende alleen Mietra. Zij verliet René ook. Ook Moka Moka kende ik. Hij hield René eens bloot van achteren vast, maar dat hielp ook niet.

Ik kon ook niets voor hem doen. Ik probeerde hem een beetje te troosten. Maar ik wist dat het troosten niets veranderde. Wat beoogde ik met mijn contacten met René? Waarom hield ik hem altijd in de gaten? Waarom ging ik dan om twee uur 's nachts zijn huiskamer binnen?

Ik? Ik ging om alles te zien. Het proces te volgen. Om erachter te komen hoe het zou kunnen verlopen als je verbannen bent. En waar kom je terecht als je eenmaal gevallen bent?

's Nachts ging ik zijn huis binnen om later te kunnen zeggen: 'René kon niet terug zijn.'

'René mocht niet terug zijn.'

Wie zijn tijding heeft binnengekregen, moet meteen zijn reis beginnen. En wie zijn reis is begonnen, moet gewoon doorgaan tot het einde. Tot het punt dat hij niet verder kan, dat hij valt.

Alles riep dat René het huis uit moest.

Het dak lekte. De kraan liep almaar door en wilde niet ophouden. De lamp van de woonkamer wilde René niet meer van dienst zijn en stopte met branden.

Het koffiezetapparaat was verstopt.

Ook ik stelde geen vragen meer.

Uiteindelijk kwam René in het donker in de tuin staan en riep: 'Bolfazl!'

Het was een koude avond. Het was nog te vroeg voor ijs, maar ik dacht: vanavond gaat de sloot bevriezen.

'Bolfazl!' riep René weer.

Ik stond in de woonkamer, maar ik gaf geen antwoord. Ik wist wat die huilerige stem betekende. Ik was niet hard, maar ik wilde het nog een keer horen om het goed op te slaan in mijn geheugen.

'Bolfazl,' riep hij voor de derde keer, met een zwakke, trillende stem.

'Wat is er, René?' riep ik.

'Ik ga verhuizen,' zei hij.

Volgens de traditie van mijn vaderland moest ik naar René toe gaan, hem in mijn armen nemen en hem een goede nieuwe fase wensen, maar ik deed het niet. Ik stak mijn handen uit en hield zijn koude hand vast.

Het was moeilijk voor mij, maar ik wist dat hij geen keuze had.

Hij pakte zijn koffer en ging.

In het donker bleef ik naar hem kijken. Hij liep langs de sloot. Daarna ging hij over de houten brug. Nu had hij geen keuze meer. Hij moest via het pad langs de boerderijen naar de dijk gaan. Ik kon hem tot vlak onder de dijk zien lopen. Daarna werd hij door de bomen opgeslokt.

II

Wanneer was het? Een week later? Twee weken later? Dat maakt toch niet uit. Ineens dook er een groep jongens in Renés tuin op. De jongens uit de straat. In het donker. Meteen klommen ze de boom in om pruimen te plukken. De laatste pruimen, die er zwart uitzagen in de kou. De jongens namen een hapje en gooiden toen de vruchten weg. Ze waren niet meer te eten. Er zaten beestjes in. De boom was ziek.

Vervolgens gingen ze naar het raam. Ze drukten hun voorhoofd en handen tegen de ruit en loerden naar binnen. De woonkamer was leeg. De jongens wisten het, ik niet. René zelf vertrok met één koffer. Wanneer werden zijn spullen dan gehaald zonder dat ik het merkte? Wie had die dingen, dat bed, die foto's, die beelden, de houten tafel en de spiegel uit de gang weggesjouwd? De golven van verandering raakten me laat, altijd te laat. Eerst moesten de jongens in de pruimenboom klimmen voordat ik erachter kon komen dat het bed en de spiegel weg waren.

Om de loop van de gebeurtenissen te kunnen volgen, ging ik dus bij de hoek van de schuur staan. De huiskamer was donker, maar de jongens wisten waar ze naar zochten. Er lag waarschijnlijk iets tussen de rotzooi. Iets wat alleen de jongens konden zien. Eerst probeerden ze het raam te openen, maar dat lukte hun niet. Ze trokken de ventilator die in de ruit zat er met snoeren en al uit. Daarna waagden ze een poging om door dat gat naar binnen te kruipen, maar dat ging ook niet. Lang bleven ze naar het raam kijken. Ineens wees een van de jongens naar de deur en riep: 'De plank!'

Het was de plank die de buurman tegen de deur gespijkerd had nadat René zelf de ruit kapotgeslagen had. De jongens haalden de plank met hun blote handen weg en slopen een voor een de huiskamer binnen.

Verder kon ik niet zien wat ze aan het doen waren. Het duurde even tot ze giechelend weer een voor een door de kapotgeslagen ruit naar buiten snelden.

Ze hadden gevonden wat ze zochten. Ze renden juichend in het donker de straat op.

Wat hadden ze meegenomen?

De dag daarna lag er een grote kunstpenis op onze straat. Waarschijnlijk was ik de eerste passant die hem zag.

Het was een vroege morgen. De mist dreef tussen de woningen. Daardoor kon je de dingen niet zo duidelijk onderscheiden. Toch onderscheidde ik dat ding op de grond. Het was groot en vochtig. Een paar mistdruppels kleefden er nog aan. Ik keek rond. Er was niemand. Ik gaf met mijn voet een tik tegen dat ding. Het bewoog even als een echte. Ik hoorde iemand in de mist en schopte het onder een auto.

Een uur later viel het zonlicht op straat. De mist verdween. Tot mijn grote verbazing dook dat ding weer op, niet onder de auto, maar wel vlak voor onze woning. Nu zonder de druppels.

De buurvrouwen fietsten er giechelend met een bochtje omheen en keken door het raam naar mij die achter de tafel zat en met een boek bezig was.

Ik trok de gordijnen dicht. Het gegiechel van de vrouwen duurde tot in de middag, tot op het moment dat de jongens uit school kwamen. Toen waren zij aan de beurt. De hele middag voetbalden ze met dat ding op straat. Tot de avond viel. Toen lieten ze het op de grond liggen en gingen haastig naar huis.

Ik trok de gordijnen open.

Niemand wilde het pakken. Niemand wilde het in zijn vuilnisbak hebben. 'Maar ik wel,' zei ik tegen mezelf, 'ik zal het pakken, maar niet nu; vannacht, als de vrouwen uit de straat in slaap zijn gevallen.'
Iemand moest het toch doen.
Ik doe hem in een plastic zak, dacht ik, in een zwarte zak en gooi hem in onze eigen vuilnisbak.

Ik ging aan tafel zitten om te eten. Eerst wilde ik er met mijn vrouw over praten, maar dat ding had toch niets met ons te maken. Het was iets van Nederlanders.
Het was een beetje bruin. Hoe zeg je dat? Een donker vel, nee, niet echt donker, maar zeker niet blank.
Dat ding vertoonde werkelijk overeenkomsten met mij, met de kleur van mijn eigen vel. Nu hoorde ik het gegiechel van de fietsende vrouwen pas goed.
Of ik wilde of niet, dat grote ding hoorde bij mij en ik moest er iets mee doen.
Ik keek naar mijn vrouw. Zij was stil. Onze zoon was ook stil.
'Ik wist het niet,' zei ik tegen mijn vrouw. 'Wist jij misschien dat René zijn spullen meegenomen had?'
Zij wilde me niet aankijken. Ook niet met me praten. Pijnlijke stilte.
'Ik kwam er ook pas gisteravond achter,' zei ik, 'ineens zag ik de jongens in de boom klimmen. Ze plukten de pruimen en gooiden ze weg. Toen trokken ze de plank los en kropen de huiskamer binnen.'
Ze reageerde niet. Eigenlijk ging het niet goed tussen ons. We lieten het niemand weten. Zelfs onze zoon wist het niet, maar we hadden altijd ruzie. En als je ruzie had, mocht niemand ervan weten. Dat hoorde bij onze cultuur. Dat was het geheim van het huis.

Felle ruzies hadden we in mijn vaderland niet, maar hier was alles uit de hand gelopen.

In mijn vaderland ging het ook niet goed tussen ons. Maar daar hield ze zichzelf in bedwang, ging tot een bepaalde grens, daarna stopte ze en begon te huilen en ik ging niet verder. Hier wilde ze niet meer ophouden. Zij opende haar mond en zei wat ze wilde en ik kon mijn woede niet meer onder controle houden.

'Hoe ver ben je met je cursus?' zei ik. 'Kon je die goed volgen? Ik bedoel, ben je er tevreden mee...'

Ze zei niets, wilde echt niet met me praten.

Ineens werd er iets tegen het raam gegooid. Het viel in de tuin, in de voortuin.

Ik wist wat het was. Ik haastte me naar het raam. Op de ruit stond een vuile afdruk van dat ding.

'Wat was dat?' riep ze.

'Een kat. De kat van die vrouw, denk ik.'

Ik keerde terug naar de tafel.

Eerst moet ik een zwarte plastic zak hebben, dacht ik.

's Nachts deed ik voorzichtig de voordeur open. Ik ging zachtjes naar de tuin, pakte de vochtige pik met een stok en stopte hem in een plastic zak. Hij woog zwaar, als een dode rat in een zwarte tas.

Hoe zwaar zou het ding van Asgar de Kale zijn?

Groot was het wel, maar hoe zwaar wist ik niet. Een keer deed hij de rits van zijn broek open en stak onmiddellijk zijn grote pik eruit.

'Wie 'm aait, mag gratis een keer op die nieuwe fiets fietsen,' zei hij.

Een nieuwe, rode jongensfiets stond op zijn standaard voor de winkel en straalde soms paars in het zonlicht. Twijfelend stonden de jonge jongens tussen de pik van Asgar de Kale en de fiets.

Een fiets was een droom die niet verwezenlijkt kon worden.

'Als je dit jaar een goed rapport hebt, krijg je een fiets van ons,' zei mijn moeder ieder jaar opnieuw.

Maar de beloofde fiets kreeg ik nooit.

Om de kinderen hun droom niet naar het graf mee te laten nemen, stond Asgar de Kale op de hoek. Je gaf hem een paar centjes en huurde een fiets voor tien minuten. Als je geen geld had, was het geen probleem. Hij regelde het. Hij nam je mee naar zijn schuur in het diepst van zijn winkel, in het donker. Het duurde even. Daarna mocht je zelf een fiets uitkiezen en vijf minuten fietsen.

De winkel van Asgar was verboden terrein voor mij.

'Als je wilt leren fietsen, pak de fiets van het huis,' zei mijn vader. 'Als ik je ook maar een keer voor de winkel van die kale zie, maak ik je af. Luister je naar mij?'

'Ja vader. Ik luister naar u.'

Ik geloofde echt dat mijn vader me zou afmaken als hij me daar tegenkwam. En ik wist dat het een schande voor de mannen van ons huis zou zijn als Asgar mijn billen betastte.

12

De IJssel. Het was tijd om een eind te gaan fietsen.
Het was tegen de avond. De honden van de boerderijen blaften terwijl je langsfietste. Ze renden tot de grens van het erf achter je aan. Dan keerden ze terug.

Zo bewaakten ze de rustige gedeeltes van de IJssel. Toen ik langsfietste blaften ze niet.

Vreemd! Sinds wanneer blaften ze niet meer? Misschien vanaf het moment dat ik een tijdje op de boerderijen had gewerkt.

Bij de laatste boerderij kwam een hond me kwispelend tegemoet. Het was de hond van de boerderij waar ik die mestberg had opgeruimd. De hond vermoedde dat ik naar zijn baas wilde gaan, maar tot zijn verbazing zwaaide ik naar hem en fietste de boerderij voorbij. Even blafte hij en begon me toen achterna te rennen. Ik fietste harder om hem achter me te laten, maar hij wilde niet, probeerde me met grote sprongen bij te houden.

Ik stopte.

'Terug,' riep ik. 'Ik ga een eind fietsen. Naar je baas, jij!'

Met gespitste oren bleef hij naar mij kijken. Toen ik verder wilde begon hij me weer te volgen. Ik fietste terug om hem naar de boerderij te sturen. Bij de boerderij begon hij te blaffen. De boer kwam uit de stal met weer een dikke sigaar tussen zijn lippen.

'Hoi, Bolfazl! Wat voert jou hierheen?'

'De hond. Ik wilde naar de dijk. Hij wilde mee.'

'Je praat al een beetje beter,' zei de boer.

Ik zweeg.

'Gaat het goed met Bolfazl?' vroeg hij op vaderlijke toon.

De tranen sprongen me ineens in de ogen. Zo weekhartig was ik toch niet. Ik wist niet of die tranen voor mezelf waren of voor René. Ik wilde iets zeggen, iets vertellen, maar nee, ik deed het niet. Ik keerde terug en fietste naar de dijk.

Langs de weg lagen hier en daar een paar lege flessen in het gras. Ze zijn op reis, dacht ik. Zodra ik er een tegenkwam, moest ik weer aan een reis denken. Een beeld dat in het huis van mijn grootvader vorm had gekregen.

'Opa! Wat betekent die reis van de lege flessen?'

'Luister niet naar je opa!' riep mijn grootmoeder. 'Hij is gestoord.'

Grootvader haalde zijn hoed van zijn hoofd en waaide er een beetje afwezig mee voor zijn gezicht. Een glimlach kwam voorzichtig op zijn lippen.

'Hij is een oude flessenverzamelaar,' ging grootmoeder verder. 'Een kelder vol lege flessen. Ik haat die flessen.'

'Ik schaam me voor mijn man,' zei ze altijd, 'hij is de negentig gepasseerd, maar hij heeft nog nooit richting Mekka gestaan.'

Dat was niet iets om je voor te schamen. Hij was een man met status. Door de hoed die hij droeg en de wandelstok die hij altijd bij zich had. Hij was een heer met een oude sleutel, een heer met een kelder vol flessen die eens vol waren geweest.

Mijn grootouders woonden in een dorp dat in de bergen lag. Hun huis was oud en stond boven op een grote rots. Mijn voorouders hadden een paar eeuwen in dat huis gewoond. Onder het huis, onder de rots was een groot gat, een grot. Men had de grot dichtgemetseld, er een deur in gezet en er een kelder van gemaakt.

'Kom, nu is het tijd om je de kelder te laten zien,' zei grootvader tegen me.

Ik was een jaar of twaalf. We gingen een paar in de rots uitgehakte traptreden af, naar de kelder. Hij haalde een oude sleutel uit zijn zijzak en maakte het verroeste slot open. We traden de kelder binnen. Het was er vreselijk donker, geen licht, geen lamp.

'De kelder moet altijd zo blijven. Zoals in de tijd van mijn vader en in de tijd van de vader van mijn vader.'

Hij deed twee luiken open. Het zonlicht viel naar binnen. Eerst kon ik niets zien. Plots verschenen de flessen in het zonlicht. Op een rij, in verschillende rijen stonden de lege flessen op de stenen plateaus. Door de eeuwen heen was er een dikke laag stof op gekomen.

'Wat zijn dit voor flessen?'

'Ze vertellen over de daden en de geheimen van de mannen van dit huis die er niet meer zijn,' zei grootvader. 'Ik heb er ook mijn eigen flessen bij gezet. Binnenkort moet ook ik het huis verlaten.'

'Verlaten? Hoezo verlaten, grootvader?'

'Kom! Kijk naar die flessen! Ze zijn van de eerste bewoner van dit huis.'

In een donkere hoek stonden een paar flessen naast elkaar. Ik kon ze niet onderscheiden, maar uit de vorm kon ik wel opmaken dat ze oud waren, erg oud.

Behoedzaam pakte grootvader een van de flessen. Er was een tekstje opgeplakt.

'Even kijken... deze is van Hasan ebne Hasan ebne Hasan... opgedronken ter gelegenheid van... even kijken... het is niet meer leesbaar. Laten we een andere pakken.'

Hij hield de volgende fles in het licht. Er stond een datum op in Perzische jaartelling. 1094 – bijna driehonderd jaar geleden.

'Deze is van... van Hadi ebne Hasan ebne Hasan. Ter gelegenheid van... van de moord op de vader. Even kijken... een mes in... in de rug, denk ik.'

'Een mes?'

'Ja, een mes.'

Hij zette hem terug en pakte een willekeurige fles uit de lange rij.

'Deze is opgedronken in 1113 met de vrouw Mi. Ach, dom. Hij had de naam van de vrouw compleet moeten noteren. Wie kan nu die vrouw geweest zijn? Een naam die met Mi begint. Raad maar: Mira... Mirjam... Mita... Minosha of Mietra?'

Hij zette hem terug en pakte weer een andere.

'1214, opgedronken in exil. Tagi ebne Hadi ebne Bolfazl.'

'1290, Mohamad ebne Bolfazl ebne Hasan. Opgedronken ter... de arrestatie van... niet leesbaar. De geschiedenis van dit huis is met het mes, met de arrestatie, met de vlucht en met de liefdes geschreven.'

'1340, ter gelegenheid van... van die droevige nachten met verlangen naar W. Allemachtig zoveel verboden relaties in dit huis. Begrijp je nu die haat van je oma een beetje?'

Ik trapte verder en hield het gras langs de weg in de gaten, vermoedde dat er nog meer flessen konden liggen. Ik reed over de dijk oostwaarts en verwachtte dat de IJssel een hoop flessen meevoerde. De lege flessen van grootvader. Maar de IJssel kon dat niet, de Ashora wel.

Elke rivier heeft eigen taken. De taak van de Ashora was om de lege flessen van grootvader mee te voeren.

Eens op een herfstavond ging hij naar de kelder en zette zijn laatste lege fles in de rij. Daarna deed hij de deur op slot en wilde terug naar de huiskamer. 'Even wachten. Even zitten.' Hij ging op de eerste tree van de kelder zitten, sloot zijn ogen en stierf.

Grootmoeder was de eerste die hem dood aantrof. Ze zocht eerst naar de sleutel in zijn zakken. Ze verstopte die in haar eigen zak en riep toen: 'Help! Hasan ebne Bolfazl is dood!'

's Nachts pakte ze een zak en sloop de kelder binnen. Men had grootmoeder met een zak op haar rug stiekem naar de rivier zien gaan. Naar de Ashora. Ze schudde de zak in de rivier leeg en riep: 'Ashora! Voer de flessen mee naar waar je maar wilt.'

Ik fietste een dorpje met oude bomen voorbij. Toen sloeg ik meteen rechtsaf en ging de grote ijzeren brug over naar de andere kant van de rivier. Op zoek naar de kerk fietste ik van het ene dorpje naar het andere. Ik wilde weten hoe de kerk altijd zijn hoofd boven de dijk stak en in het donker door het raam naar onze huiskamer keek.

Het was avond toen ik hem vond. Het was een oude kerk die rustig naast een paar hoge groene bomen stond. Ik stapte af, wilde naar binnen, maar de deur was met een dik slot en een ketting afgesloten. Ik ging op de dijk langs de rivier staan. Aan de andere kant van de rivier, achter de boerderijen in de verte, scheen het licht door het raam van onze huiskamer. In het huis naast ons was het donker.

13

Het was de tijd voor sneeuw. Zowel in mijn vaderland als in Nederland. De sneeuw bleef lang op de kop van Renés haan liggen. En op de takken van de boom.

Ik twijfelde eraan of de boom de winter zou overleven. Als je ernaar keek zei je bij jezelf: de bewoner van de boom is ook weg. Ook daar woont niemand meer. Het is een koude, dode boom.

Ik dacht dat als de zachte voorjaarswind zou waaien, de boom niet meer wakker zou worden. Geen jonge blaadjes, geen bloesems, geen groene en geen donkerblauwe pruimen meer. 'Dag zon. Dag lente. Dag vogels. Ik ga ook weg.'

Geleidelijk verdween de boom uit mijn gedachten. Ik kon niet meer thuisblijven, durfde het niet. Ik dacht dat als ik een baantje vond, ik met nieuwe dingen bezig kon zijn en daardoor afstand zou nemen van mijn verleden, maar de tijdelijke banen duurden niet lang. Na een paar dagen, na een week moest ik weer terug naar huis. De buurvrouwen liepen voor ons raam langs. Ze zagen dat ik nog altijd thuis was. Ik had het gevoel een zieke soldaat te zijn, dacht dat alle Nederlandse mannen naar het front vertrokken waren en ik verlaten achtergebleven was. Ik kocht een tweedehands tas, deed er mijn spullen in en verhuisde naar de bibliotheek.

Een paar weken later vond ik een baantje voor langere tijd bij een blikfabriek. Ik werkte daar tot twee uur. Daarna ging ik rechtstreeks naar de bibliotheek. Ik probeerde het daar tot vijf uur vol te houden. Precies om vijf uur fietste ik huiswaarts. Of de buurmannen dat accepteerden of niet, ik stond met mijn fiets tussen hen in bij het laatste stoplicht. Op die manier fietsten we met z'n allen de wijk binnen. Om zes uur deed mijn vrouw de gordijnen helemaal open. Vervolgens gingen we aan tafel zitten om net als al onze buren warm te eten.

Ik hoorde niets meer van René. Misschien was het beter zo. Hij was een Hollander die weggegaan was. Een Hollander die drie jaar, min of meer, naast me woonde en toen verhuisde. Weg met René. Ik had hem niet meer nodig. Ook weg met mijn verleden. Weg met mijn ouderlijk huis en weg met grootvader en zijn lege flessen. Leve mijn tijdelijke baan. Leve de bibliotheek.

Maar zo simpel was het nou ook weer niet. Noch René, noch het verleden wilde me los laten. Op weg naar de bibliotheek. Op een van die dagen dat het sneeuwde, ontmoette ik René. Ik was te voet met de fiets aan de hand. Hij liep tussen de massa op de markt. Ik stond naar hem te kijken. Hij liep naar me toe, maar zag me niet. Volledig afwezig.

'Hallo René!' riep ik.

Hij hoorde me niet.

'Hai René!' riep ik opnieuw.

Nee, hij reageerde niet. De zware kalmerende medicijnen hadden zijn gezicht misvormd. Ik wilde zijn arm vasthouden en hem wakker schudden en weer roepen: 'Hallo René!'

Maar ik deed het niet. Ineens wilde ik hem niet meer spreken.

Ik was bang, maar waar ik bang voor was, wist ik nog niet.

Ik verschool me in de menigte en snelde naar de bibliotheek. Om goed naar hem te kunnen kijken, rende ik naar boven en ging achter het raam staan. Hij liep langzaam verder. Ik keek naar zijn voeten. Ze belandden zachtjes op de grond. Hij leek op een man die beide voeten op de grond wilde hebben, terwijl zijn lichaam wilde stijgen.

Ikzelf was ook zo dromerig. Ik had beide voeten op de vochtige grond van Nederland, maar mijn hoofd bevond zich in een fantasiewereld, in de wereld van mijn verleden.

René loste op in de menigte en ik keerde naar de zaal terug. Met René in gedachten liep ik naar een boekenkast.

De afwezigheid van René wekte angst. Ik vreesde dat ook ik eens net als hij verstrooid in de stad zou rondlopen, zo verstrooid dat ik langs de stadsbibliotheek zou komen en me niet meer kon herinneren dat ik daar jarenlang in de dikke Van Dale had zitten kijken.

Ik riep: 'Weg met mijn verleden.'

Maar wie zou ik kunnen zijn zonder die herinneringen van mijn geboorteland? Hoe kan ik hier in dit vochtige land naar de betekenis van woorden zoeken zonder dat de kachel van mijn ouderlijk huis in mijn hoofd brandt?

'Ach, wat voor kleur had die kachel van onze huiskamer?'

'Wat voor geur had het lichaam van dat buurmeisje dat onze huiskamer binnenkwam?'

Ik was een jongen van veertien. Ik zat naast de kachel en las een boek. Ineens kwam zij, gehuld in haar lange zwarte chador, op het dak. Zonder twijfel kwam ze via de trap naar onze binnenplaats. Ik was alleen. Ze kwam de huiskamer binnen. Ze deed haar chador uit en kwam naast me zitten bij de kachel.

Dat was niet normaal bij ons. Van zo dichtbij had ik nog nooit een vreemd meisje gezien. Het eerste knoopje van de zeven knoopjes die bij het kuiltje onder haar hals begonnen en verder tot tussen haar borsten liepen, was los. Haar borsten bewogen als twee jonge duiven onder haar strakke blouse. De kachel brandde. Haar blouse op haar borsten was vochtig van de regen. En ik rook voor het eerst de geur van de regen op het lichaam van een meisje.

Iedere keer als ik een blok hout in een kachel zag branden rook ik de geur van haar lichaam. Iedere keer als er een druppel regen op de blouse van een vrouw viel, kwam dat meisje in mij tot leven. Toen ik zag dat René zich zijn verleden niet goed meer herinnerde en dat hij niet meer wist dat ik Bolfazl was, besefte ik ineens dat ik ook die geur niet meer kon terugroepen. Zelfs de kletsnatte Nederlandse vrouwen in de regen waren niet in staat om haar in mij terug te roepen.

Op een avond belde ik naar huis, in mijn vaderland.

'Hallo, moeder!'

'Hallo, jongen. Wat is er? Waarom klinkt je stem zo verdrietig?'

'Moeder, weet u misschien... is het, ik bedoel, hoe heette dat meisje ook alweer?'

'Welk meisje?'

'Dat meisje dat toen het regende op het dak kwam.'

'Wat zeg je nou?'

'Weet u, moeder... hoe moet ik het uitleggen? Er is iets in mij bezig om mijn oude herinneringen uit te wissen. Zeg! Wat voor een kleur had die oude theepot ook alweer die we op de kachel neerzetten? Was het een rode?'

Tegen mijn zin deed ik constant pogingen om mijn herinneringen levend te houden. De herinneringen die op het punt stonden om te verdwijnen terug te krijgen. Ik zocht in mijn oude papieren, keek naar oude foto's en schreef de namen van mijn oude vrienden op. Ook de nummers. De bekende nummers. Van die nummers die je eigenlijk nooit vergeet.

'Neemt u me niet kwalijk,' zei ik een keer door de telefoon tegen mijn moeder.

'Wat is er, jongen?'

'Niets bijzonders. Maar wat was ons huisnummer ook alweer?'

'94, jongen. Hoezo?'

'Ach, ik dacht het al, maar ik twijfelde tussen 49 en 94.'

Voortdurend probeerde ik de Nederlandse woorden, de Hollandse poëzie, de gedichten van een zekere Rutger Herman van den Hoofdakker uit het hoofd te leren. Als een medicijn tegen de vergetelheid:

> 'Hier de mensen dus verlaten,
> het huis, de tafel, het papier.
> Geen terugkeer. Dit uitzicht.'

Soms hielp het. Soms hielp het niet.

14

De dag daarna kwam ik hem weer tegen.
'Hallo René! Hoe is het met jou?'
Even herkende hij me niet. Ik hield zijn arm vast.
'Ik ben het. Bolfazl. Weet je het niet meer?'
Een beroerde glimlach verscheen op zijn gezicht.
'Ja. Bolfazl.'
'Waarom heb je je adres niet voor me achtergelaten?'
'Heb ik dat niet gedaan?' vroeg hij zacht.
'Nee, ineens zag ik dat je huis leeg was.'
Ik noteerde zijn nieuwe adres. Hij mompelde iets wat ik niet verstond. Ik dacht dat hij vroeg of ik soms bij hem op bezoek wilde komen.
'Jazeker. Ik kom. Een dezer dagen kom ik bij jou langs.'
Een paar weken bewaarde ik zijn adres in mijn jaszak, daarna stopte ik het ergens tussen mijn spullen. Ik wilde het niet meer hebben.
Soms wilde ik hem graag opbellen en vragen hoe hij het maakte, maar hij had geen telefoon. Ik stelde het iedere keer uit tot ik het totaal vergat.
Iedere dag ging ik naar mijn werk en daarna naar de bibliotheek. Gelukkig kwam ik hem niet meer tegen.
Eigenlijk was ik begonnen met een nieuwe fase, ik hoopte dat het baantje me zou kunnen redden. Ik wilde een beetje normaal gaan leven, net als anderen. Mijn oude gezin dat ik in het verleden had gehad reconstrueren.
Ik wist wat me overkomen was, dat ik ineens van een actief

man niets was geworden. Ik kon wel beredeneren waarom mijn gezin uit elkaar viel. Dat was niet alleen mijn schuld. Ik was niet zo slap dat ik een gezin buiten de grenzen van mijn vertrouwde omgeving niet meer staande kon houden.

Het léék alsof ik geen aandacht aan mijn vrouw wilde besteden. Dat zij meer rechten wilde hebben en ik die haar niet gaf. Maar dat was niet zo. Ik bepaalde dat niet. Het ging niet om recht en aandacht, maar om iets anders. Totaal anders. Eigenlijk had ik haar niets aantrekkelijks meer te bieden. In mijn vaderland was ik een man met perspectief. Mijn positie was duidelijk. Ik zat in een partij die grote veranderingen tot stand wilde brengen. Maar wie was ik nu? Een zoeker naar kortstondige baantjes.

Mijn vrouw had gelijk, maar ik kon haar niet helpen. Ik zat in een dal. Als ik haar was, zocht ik geen steun meer bij mijn man. In Nederland kon ze zonder mij verder. Er was geen vader meer, geen moeder, geen broer, geen kennis, geen druk uit de omgeving om haar te dwingen zich aan te passen aan de man die bijna gevallen was.

Ze had gelijk. Wat had je aan een man die alle hoeken van de vlucht wilde leren kennen? Wat had je aan een man die een getuige wilde zijn?

'In godsnaam, voor wie wil je gaan getuigen?' riep ze. 'Waar wil je gaan staan om te getuigen?'

Ons probleem was een oude, chronische kwelling. Nederland gaf de ruimte zodat het complexe probleem zich kon ontvouwen. Ik maakte haar kapot. Ik had haar altijd achter me aangesleept, naar de politiek, naar de geheime activiteiten. En ze moest haar mond houden, niets zeggen. Ze had gelijk. Ze mocht haar eigen weg gaan. Haar eigen toekomst opbouwen in een nieuwe maatschappij waar de vrouwen de verloren mannen niet meer nodig hadden.

Ik moest gewoon afwachten tot het duister van de vlucht zakte. Daarna kon ik zien wat er van mij overgebleven was.

15

De vogels zongen. De bomen ontwaakten, baadden in de regen en deden hun lichtgroene voorjaarskleding aan. Maar de pruimenboom ontwaakte niet.

Ik miste René.

'Ik moet hem bezoeken,' zei ik tegen mezelf. 'Vandaag ga ik bij hem langs.'

Tussen mijn spullen zocht ik naar zijn adres. Ik had het in mijn oude zakagenda bewaard.

Hij woonde in een wijk die net buiten het centrum lag. De wijk was berucht in de stad, maar dat wist ik nog niet. Pas toen ik door de straten fietste en Renés huis zocht, merkte ik dat de omgeving anders dan andere was. Het was een kale wijk, geen bomen en geen vogels die voor het voorjaar zongen. De huizen waren of heel oud of vrij nieuw, van die kant-en-klare blokwoningen. Wel zag je overal mannen die hun auto's repareerden. Mannen met tatoeages, mannen met een baard en een fez en vrouwen met dikke buiken en korte rokken. Vrouwen met sluiers en lange mantels. Op een hoek waren twee, zelfs drie allochtone kruidenierswinkels naast elkaar. De afvalcontainers waren vol, overvol. En niemand wist waar de Passageweg was. Niemand had van een zekere René gehoord. Niemand had een zekere René gezien.

De huisnummers ontbraken en de straatnaambordjes waren onleesbaar. Toch woonde René op de hoek van de weg tegenover de kruideniers. Ik wilde aanbellen, maar de deurbel was kapot; de snoertjes hingen er los bij. René woonde er pal boven, beneden was een soort schuur, een berging.

Ik moest roepen: 'Hallo! Ben je thuis?'

Het was nog niet zo donker. In sommige huizen brandde wel licht, maar Renés raam was donker. Ik was bang dat hij weer was verhuisd. Aan de linkerkant had hij geen buren. Het huis aan de rechterkant stond ook leeg. De deur was met een plank dichtgespijkerd. Bij het volgende huis brandde licht. Ik klopte op de deur, maar er reageerde niemand. Voorzichtig trok ik aan een touwtje dat uit de brievenbus hing. Een bel rinkelde en de deur ging vanzelf open.

Een dikke blonde vrouw met een scherpe geur en een zwaar opgemaakt gezicht kwam aan de deur.

'Wat is er?' zei ze tegen me.

'Excuseer me. Ik wilde weten of die buurman van jullie er nog steeds woont.'

'Welke buurman?' vroeg ze met een voor mij onbekend accent.

'René.'

'Die ken ik niet. Nooit gezien,' zei ze en ze deed de deur dicht.

Ik wilde terug naar huis. Ineens zag ik dat er een vaag lichtje door Renés raam naar buiten scheen.

'Hallo...! René...! Ben je thuis?' riep ik luid.

'Hallo! Hallo,' riep ik opnieuw.

Hij hoorde me niet. Ik pakte een steentje en gooide het tegen het raam. Geen reactie. Opnieuw gooide ik een steentje. Dat hielp ook niet. Ik zocht naar een grotere en gooide.

Renés gezicht verscheen achter het raam. Hij deed het open, stak zijn hoofd naar buiten en riep: 'Wat is er?'

'René! Ik ben het.'

In het donker herkende hij me niet.

'Wie?'

'Ik ben het,' riep ik. 'Doe de deur open!'

'O, Bolfazl,' zei hij zacht.

Hij kwam naar beneden en deed de deur voor me open. Het

ging wat beter met hem. Zijn adem rook naar alcohol. Ik voelde me niet op mijn gemak, kon niet makkelijk met hem praten zoals vroeger.

Via een nauwe trap ging ik naar boven.

'Ik was je adres kwijt,' loog ik, 'en ik kwam je niet meer in de stad tegen. Vandaag dacht ik ineens: ik moet René bezoeken. Ik zocht tussen mijn papieren en vond je adres.'

'Loop verder!' zei René. 'Ga maar naar binnen!'

Ik ging zijn huiskamer in. Een half opgedronken glas wijn stond op de tafel.

'Zal ik voor jou ook een glas pakken?' vroeg hij.

'Nee, bedankt. Nu drink ik niet. Ik ga zo naar huis. Ik wilde gewoon weten waar je woonde. Ik kom een ander keertje met mijn vrouw,' zei ik.

'Een kop koffie dan?'

'Ja, koffie is goed.'

Hij ging koffiezetten en ik liep naar het raam.

Overal brandde nu licht. De wijk deed me denken aan een karavanserai, een voorlopige plaats waar reizigers een poosje wonen voordat ze weer verder trekken. De reizigers die de behoefte hadden om kachel en bed achter te laten.

'Hoe is het met je vrouw en je zoon?' vroeg René terwijl hij koffiezette.

'O, goed' zei ik.

'Volgt ze nog steeds een taalcursus?'

'Een paar avonden per week.'

'Kan ze nu goed Nederlands spreken?'

'Ik geloof van wel. Ik zie dat ze vaak zit te kletsen met de buurvrouwen.'

'Jij spreekt het zelf goed. Je bent vooruitgegaan.'

Naar de bibliotheek gaan en boeken lezen moet toch resultaat opleveren, probeerde ik te zeggen en ik wilde er iets anders aan toevoegen, maar ik zei niets.

Zijn huiskamer was leeg. Slechts twee banken, een koffiezetapparaat en nog een paar andere dingen. De muren waren kaal, er was geen foto opgehangen.

'Hoe bevalt dit huis je? Ben je tevreden?'
'O, gaat. Het gaat.'
'Heb je wel contact met je buren?'
'Nee hoor. Hier zoekt niemand contact met je.'
'Wat doe je verder?'
'Eigenlijk niets. Maar er is een asielzoekerscentrum. Ik ga er een paar uur per week heen.'
'Wat doe je daar?'
'Men brengt er tweedehands kleren. Ik sorteer ze en hang ze aan een rek. Daarna komen de asielzoekers langs. Ik laat ze die kleding passen. Dan doe ik die in een plastic tas en geef het mee.'

In de hoek van de huiskamer, boven zijn bed, hing een oud, ingelijst schilderij. De verf van het doek had hier en daar losgelaten en omdat er een laag stof op zat, kon je niet goed zien wat het voorstelde.

'Wat is dat voor een schilderij?'
'Een trein.'

Er was geen trein te zien. Met een doek veegde ik het stof weg. Nu zag ik het. Een oud model trein met een donkerroodbruine kleur. De locomotief kwam met rokende schoorsteen achter een paar heuvels vandaan. De machinist was achter de rook verdwenen. Er waren geen passagiers te zien.

Aandachtig probeerde ik iemand te onderscheiden. Het ging niet. De passagiersafdelingen waren donker. Maar ik meende dat er ten minste één passagier te zien zou moeten zijn. Ik keek door mijn wimpers en probeerde in de coupés iemand te vinden. Er stond iemand.

'Is dit schilderij van jezelf? Ik bedoel, is het je eigen werk? Een oud werk van je dat ergens op zolder lag?'
'Nee hoor, ik heb het op een rommelmarkt gekocht.'

Die trein fascineerde me. Hij leek op de trein uit mijn dromen, die ook tussen de heuvels in het donker naar voren kwam.

Buiten ons dorp had men een nieuwe spoorlijn tussen de heuvels door gelegd die naar het Verre Oosten ging. Ik had nog nooit een trein gezien. Op een avond klonk ineens een langdurig gefluit en daarna het geluid van de denderende wielen.

'Wat is dat voor een geluid?'
'Het is het geluid van een *gatar*,' zei mijn moeder.
'Wat is een *gatar*, moeder?'
'Een vervoermiddel met tientallen wielen op twee ijzeren rails.'
'En de passagiers?'
'Ze zitten in de coupés en de wielen bewegen voort.'
'Wie brengt de wielen in beweging?'
'De machinist, een man die op de neus van de *gatar* achter een raampje zit.'
'Waar gaan die passagiers naartoe?'
'Weg, mijn jongen, weg.'
'Waar weg? Waar naartoe, moeder?'
'Ver weg. Heel ver weg.'

Daarna kwam er een keer per week een trein tevoorschijn. Een lange trein die de ene keer naar het Verre Oosten ging en de volgende keer uit het Verre Oosten terugkwam. De kinderen snelden naar de heuvels om naar de passagiers te zwaaien en ik keek verbijsterd toe hoe de trein wegging en in de verte verdween. Ik wilde mee. Ik wilde ook als passagier achter een van die ramen gaan staan, en gaan, weggaan, maar het leek onmogelijk.

'Wat heb je in je koffie?' vroeg René.
'Melk, een beetje melk alsjeblieft.'

Hij overhandigde me een kop koffie en bleef zwijgend staan. Ik zocht naar een paar woorden om het gesprek op gang te houden.

Maar het ging niet. Het dossier van René was in mij gesloten. Voor mijn gevoel was René weg. En voor wie weg is, heb je geen woorden meer.

16

Ik kwam hem niet meer tegen. Hij was verdwenen. Ik verbaasde me. Nu ik hem niet meer tegenkwam, hield zijn afwezigheid me bezig. Ik kon gewoon bij hem langsgaan, kijken hoe hij het maakte en vragen waarom hij niet meer in de stad kwam.

Maar ik was bang dat ik bij zijn huis met iets ergs zou worden geconfronteerd. Eerst zou ik aan de deur moeten kloppen. Dan zou ik hem moeten roepen: 'Hallo, hallo! Ben je thuis?'

Daarna zou ik steentjes moeten gooien. En ten slotte zou ik bij die buurvrouw langs moeten gaan.

'Mevrouw, mag ik u iets vragen?'

'Ja, dat mag.'

'Is die buurman van u verhuisd? Weet u misschien wanneer u hem voor het laatst gezien hebt?'

Nee, ik wilde niet naar Renés huis gaan. Ik wilde hem niet opsporen. Ik vreesde dat de buurvrouw zou zeggen: 'Ik weet het niet. Hoe moet ik dat weten?'

Dan zou ik de politie moeten bellen: 'Nee, het heeft niets met mij te maken. Ja, ja, een vluchteling. Nee. Eigenlijk wel, hij was ex-buurman van... bang, gewoon, ja bang dat hij thuis... Ik weet het niet... mijn adres? O, zijn adres. Renés adres? Ach... wel, maar ik ben het vergeten. Zijn achternaam? Nee, ja, even kwijt. Zijn huisnummer? Neemt u mij niet kwalijk. Echt, ja zeker. Een zekere René. Nee.'

Nee, ik wilde hem niet opsporen. Niet meer naar zijn huis.

Ik liet alles op zijn beloop. Dus ik schoof René aan de kant. Als het moest, zou ik van hem horen.

Ik werkte nog steeds bij die blikfabriek.

Omdat ik niet thuis was, kwamen de buurvrouwen langs. Mijn vrouw kon makkelijk vragen: 'Kom je een kop koffie bij me drinken?'

Ik kon het ook zeggen, maar ik moest eerst nadenken en de juiste grammatica zoeken.

'Wat heb je in je koffie?' hoorde ik haar zeggen.

Volgens mij was het niet correct. De grammatica van het zinnetje klopte niet. Ik dacht dat ze moest vragen: 'Wat wil je in je koffie hebben?'

Zij praatte zonder accent, maar mijn uitspraak was grof. In het bedrijf hoefde ik niet te praten. Ik moest de hele dag mijn mond dichthouden en de productielijn in de gaten houden.

Mijn zoon had me ook ingehaald. Kilometers was ik achtergebleven. Mijn vrouw had de buurvrouwen. Mijn zoon had zijn vriendjes. Ik de telefoon.

Ik wachtte altijd op een telefoontje. Ik dacht dat iemand me zou bellen en ik een onheilstijding zou krijgen:

'Grootmoeder is dood.'

'Gecondoleerd, vader viel en hij stond niet meer op.'

'Oom kan niet meer zien.'

'Moeder is ziek.'

'Tante kan haar bed niet meer verlaten.'

Maar de telefoon ging niet. Het was een dood apparaat.

Ik kende de geschiedenis. Ik zou ook mijn bijdrage moeten leveren. De telefoon zou eens moeten gaan en iemand zou in het Nederlands moeten vragen:

'Kan ik Bolfazl spreken?'

'U spreekt met Bolfazl.'

Zo zou het moeten zijn.

En de telefoon ging. Ik haastte me niet, liet de bel een paar keer overgaan. Toen pakte ik de hoorn op: 'Met Bolfazl.'

'Ik ben het,' zei een vrouwelijke stem.

'Wie bent u?'

'De ex-vrouw van René. Ik heb een droevige mededeling.'

'Hoezo?'

'René is dood.'

Ik schrok. Ineens doemde zijn gezicht voor me op. Op het moment dat hij bij het hek stond en zei: 'Bolfazl. Ik ga verhuizen.'

'Dood? Hoezo dood, mevrouw?' zei ik.

'Een ongeluk,' zei ze.

'Hoe kwam dat?'

'Zelfmoord. Hij heeft zelfmoord gepleegd.'

Even had ik niets te zeggen.

'René? Zelfmoord? Ik kan het niet geloven. Hoe heeft hij het gedaan? Wanneer?'

'Eergisteren,' zei ze.

'Maar hoe?'

Ze zei niet hoe. Ik herhaalde mijn vraag niet. Ik had geleerd dat je bij Hollanders niet moet doorvragen. Details geven ze niet gemakkelijk. Je krijgt zoveel als ze willen geven, niet meer. 'Mevrouw, ik weet niet wat ik moet zeggen. Ik leef met u mee. René was een goede buurman voor mij. Ik... ik zal hem missen. Bedankt voor uw telefoon. Mag ik vragen wanneer hij begraven wordt?'

'Hij heeft een testament nagelaten,' zei ze.

'Een testament?' vroeg ik. Nee, ik vroeg het niet, ik herhaalde het om me de betekenis van het woord te herinneren.

'Nee, geen testament,' zei ze, 'maar wel een ansichtkaart.'

Dat Nederlandse woord had ik nog nooit gehoord.

'Wat voor een kaart is een ansichtkaart?'

'Gewoon een kaart,' zei ze.

'O, zo'n kaart met een tekening of een foto erop?'

'Ja, dat klopt. De politie heeft hem in zijn jaszak gevonden,' zei ze. 'Hij is aan mij geadresseerd. Uw naam staat er ook bij.'

'Mijn naam? En wat heeft hij verder geschreven?'

'Hij heeft me gevraagd om hem te laten cremeren. Het is zijn wil dat niemand bij zijn crematie aanwezig zal zijn. Behalve u en ik.'

'En Renés dochter, uw dochter bedoel ik?'

'Zij ook niet.'

Ik wilde vragen waarom ik dan wel, maar dat hoefde niet. Ik wist het. Ik zou er gewoon aanwezig moeten zijn. Bij iedere begrafenis zijn er een paar dingen of mensen die onvermijdelijk aanwezig moeten zijn.

Als je een lijk hebt, moet je ook een graf hebben.

Of een pot.

Of een lege fles om de as in te doen.

Achter een graf staat altijd een doodgraver. Achter een lege fles een Bolfazl.

17

Voor de crematie van een vriend (was René een vriend van mij?), mijn ex-buurman, wilde ik officieel gekleed gaan. Dus ik pakte mijn hoed.

Hoeden fascineerden me. En ik wilde er een hebben. Maar de juiste hoed waar ik naar zocht, vond ik niet. Een paar dagen voordat René zelfmoord zou plegen, kwam ik fietsend een dorpje binnen. Hoe heette dat dorpje ook alweer?

Nog altijd kon ik de namen van de dorpen langs de IJssel niet onthouden. Als je zo een eindje over de dijk fietste, kwam je op een gegeven moment bij een paar huizen en een pleintje uit.

Er was een rommelmarkt. Enkele mannen stonden achter hun kraampjes. Midden op het pleintje stond een oude boom. Een oude vrouw met een sjaal om haar hoofd geknoopt zat daar onder de boom, met haar rug tegen de stam.

De vrouw had een paar oude hoeden op een doek voor haar op de grond gelegd. Ik stapte meteen af en ging naar haar toe. Ik pakte een hoed en zette hem op. Het was precies waar ik naar zocht.

Ze overhandigde me een spiegel. Ik keek erin. Ach, die paste me goed. Nu leek ik echt op de mannen van ons huis. De mannen die er niet meer waren. De mannen die op de begraafplaats van ons dorp lagen begraven.

Ik betaalde en fietste verder.

Ik ging de zaal van het crematorium binnen. Onder het licht stond een kist op een verhoging.

Vanaf een foto op de kist keek René mij aan. Een René die niet ziek was, niet leed aan geheugenverlies. Maar een René met een scherpe manier van kijken.

Een vrouw, zijn vrouw, stond naast de kist. Ze had een zwarte sjaal om haar hoofd en een grote donkere bril op.

Ze mompelde iets wat ik niet verstond. Vervolgens reikte ze mij haar hand.

'Gecondoleerd,' zei ik.

Het was een ongewenst moment, een ongewilde plek waar ik de ex-vrouw van René ontmoette. Waar een dode naast me lag, kon ik niet zeggen: 'Wat leuk dat ik u ontmoet. Ik was altijd benieuwd wie de vrouw van René was.'

Op zoek naar een spoor van Mietra bekeek ik haar gezicht.

'Mevrouw, neem me niet kwalijk,' zei ik, 'maar de details. Ik bedoel, mag ik weten hoe, hoe hij het gedaan heeft?'

'O, u weet het nog niet?' zei ze.

'Nee. Toen u belde, vroeg ik het, maar ik kreeg geen antwoord.'

'Bij de rails. Hij wierp zich voor een trein,' zei ze met zachte stem.

'Waar?'

'In Amsterdam.'

De rest van haar verhaal had ik niet meer nodig. Het verhaal van de rails en het lijk kende ik wel.

Op een dag werd er geklopt. Ik keek door het raam naar buiten. Twee politieagenten stonden voor de deur. Een dikke man en een blonde vrouw. Ik deed open.

'Volgens onze gegevens moet hier een zekere Bolfazl wonen. Bent u dat?'

'Ja, ik ben het.'

'Het gaat om een ongeluk,' ging hij verder. 'Er is iemand overreden. Een trein, een lijk, een landgenoot van u misschien. Uw naam stond op een papiertje in zijn jaszak.'

'Mijn naam?'

'Ja, uw naam en uw adres.'

'Wat kan ik nu voor u doen?'

'Als u even met ons mee wilt komen.'

'Waarvoor?'

'Om... misschien kunt u hem identificeren. We hebben eigenlijk niets anders van hem dan een vals paspoort en uw adres.'

Ik kon toch mijn taak, mijn verplichtingen, hoe zeg je dat, mijn opdracht niet ontlopen. Ik moest gewoon mee. Mijn adres was niet voor niets in de jaszak van het lijk gevonden.

'Hebt u even?' zei ik tegen de agent. 'Ik moet me omkleden.'

'We wachten op u in de auto,' zei hij.

Ik ging naar boven. Nu was het de tijd. Ik deed mijn pak aan en ging voor de spiegel staan:

'Wees koelbloedig en onpartijdig.'

Vervolgens liep ik rustig naar de politieauto.

De blonde vrouw opende het portier voor me. Ik stapte in. De agenten brachten me naar het stadsziekenhuis. We gingen de keldertrappen af naar de morgue, ik in het midden met de blonde agente aan mijn linkerkant.

Een man in een witte jas deed de deur open. Ik trad de zaal binnen. Koud. Akelig koud.

De patholoog-anatoom trok een grote la uit een lange rij open. Een lijk, het lijk met een witte doek om kwam tevoorschijn. Ik miste een hoed om af te nemen voor het lijk dat mijn adres in zijn bezit had gehad. De agent gaf een teken. De man sloeg de doek opzij.

Doden, lijken had ik vaker gezien. Ook de kleur kende ik wel. Het vel van het lijk van mijn broer had de kleur van de volle maan op een hoge berg.

'Kent u hem?' vroeg de agent.

Een trein, de trein had over zijn linkerarm, via de schouder, langs de nek, door zijn hoofd gereden. De schedel was leeg. Men had de hersenen in een plastic zak gedaan en naast het lijk gezet.

'Herkent u hem?' herhaalde de agent.

Het gezicht was verminkt. Niet te herkennen. Toch wel. Ik loerde in de plastic zak naar het bevroren grijze materiaal. Daar lagen dode herinneringen, die ik ook wel kende. De gedachten aan een huis. Het gezicht van een moeder. De lieve warme woorden van een geliefde. De donkere ogen, en de geur van haar jonge borsten.

Als ik hem niet herkende, wie zou hem dan moeten herkennen?

'Ja, ik ken hem wel,' benadrukte ik.

'Weet u het zeker?'

Wederom keek ik naar het lijk.

'Ja, agent. Ik ben er zeker van.'

'Wilt u hier dan tekenen?'

'Ja, agent,' zei ik en zette er plechtig mijn handtekening onder.

Voor mij was het niet belangrijk hoe ze dachten over mijn plechtige manier van doen. Maar ik wist dat het de enige taak was die voor mij overgebleven was. Ik moest goed kijken, goed luisteren en alles onthouden. Ik zou ooit kunnen vertellen wat verbannen zijn betekent.

De patholoog-anatoom legde de doek terug en wilde het lijk weer in de muur schuiven.

'Even wachten,' riep ik. 'Even stilte.'

Daar kon ik er niet achterkomen waar Mekka lag. De kelder had geen raam. Ik zou naar de zon moeten kijken om me naar Mekka te kunnen richten. Ik koos dus een willekeurige richting en ging staan. De agenten deden hun pet af. Ik nam de plaats in van een oudste broer en deed wat men in mijn vaderland deed. Ik maakte de doek open waar de ogen zouden moeten zijn en riep: '*Wa enna eleihé radjeoen.*'

Nu lag René in de kist.

Een deur ging open. De begrafenisondernemer kwam tevoorschijn en riep: 'Zullen we beginnen?'
De vrouw keek mij aan.
'Beginnen,' zei ik.
Ik ging voor de foto van René staan en neuriede: '*Wa enna eleihé radjeoen.*'

18

Bij ons mag je je geheugen niet laten verassen. Je geheugenruimte moet onaangetast blijven. Men wast het lijk schoon en wikkelt het in een witte doek. Daarna wordt het op zijn rechterzij in het graf gelegd met het gezicht naar Mekka. Daarna maakt de oudste zoon, of de oudste broer, of de oudste oom de doek bij de ogen open. 's Nachts komt de grafengel met een lampion. Dan moet je je ogen openen en gaan zitten voor een ondervraging:
 – 'Wie ben jij?'
 – 'Bolfazl.'
 – 'Jouw vader?'
 – 'Akbar.'
 – 'Je moeder?'
 – 'Zahra.'
 – 'Wat heb je in je leven gedaan?'
 – 'Welke periode bedoelt u, engel? De periode toen ik in mijn vaderland was? Of de periode waarin ik in Nederland woonde?'

Wat gebeurt er als de grafengel komt en je niets hebt te vertellen?

In die laatste jaren toen er een oorlog in mijn vaderland woedde, bracht men uiteengescheurde lijken van het front.

'Wat moeten we met dit lijk, dat een lege schedel heeft?'

Bij ons was het verboden om een lijk te laten cremeren. Maar in de oude Perzische verhalen kwam de as vaak voor.

Diew, de boze reus die altijd het tegenovergestelde deed, tilde

Rostam, de held aller tijden, boven zijn hoofd en riep: 'Kies de zee of het vuur!'

'De zee,' riep Rostam, hoewel hij niet zwemmen kon.

Diew gooide hem in het vuur.

'Vuur! Wis zijn geheugen uit!'

De as was het symbool van Diew, die de meisjes en de jonge vrouwen pijn deed. Rostam kon de reus uiteindelijk, na zeven dagen en zeven nachten worstelen, boven zijn hoofd tillen en in het vuur gooien. Daarna was het feest, het asfeest. Iedereen mocht een fles meenemen. Men deed as in de flessen en zette ze op de schoorsteenmantel.

'Moeder! Moeder, waar ben je?' riep ik als het jongetje dat altijd de kachel van ons huis in de gaten hield.

'Wat is er?'

'De houtblokken zijn verast. Mag ik een beetje van de as in een fles?'

'Wacht even!' zei ze.

Ze haalde een lege fles uit de schuur, schepte er een paar lepels as in, deed een kurk in de hals en gaf hem aan mij. 'Nu wegwezen!'

Ik rende naar buiten, naar de jongens van de straat, die allemaal met een fles as op me wachtten.

Zelfs in onze oude literatuur verbranden wij onze vijanden niet. Maar de Perzische dictators deden het anders. Ze lieten volkshelden voor eeuwig aan de galg hangen. De zon nam de taak van oven over. Hasanak was ook op die manier verast. Ik wist het uit de geschiedenis van Sjeeg Abolfazle Behagie:

'Men bracht Hasanak de grootvizier op een zielig paard naar de galg. Op zo'n paard had hij nooit eerder gereden. De beul bond zijn armen van achteren vast.

"Stenigen!" riep de sultan.

Maar niemand wierp een steen.

"Ophangen!" riep de sultan.
De beul hing Hasanak op.
"Laat hem eeuwig aan de galg hangen!" riep de sultan.
Zeven jaar hing Hasanak aan de galg. De Perzische zon verbrandde hem en de oostenwind voerde zijn as mee.'

Bij de crematie ontbrak iets, maar wat? Ik wist het niet. Bij een crematie lopen werkelijkheid en fantasie door elkaar. Het is moeilijk om ze te scheiden. Een begrafenis is pure werkelijkheid. Een volledig proces. Je geeft het lijk aan de doodgraver. Hij legt het in het graf. De steenhouwer zet er een steen op met naam en datum.

Maar goed, ik maakte ook een crematie mee.

De kist werd naar de oven gebracht. Mijn opdracht was dus voltooid. Ik hoefde niet langer te blijven.

'Dag mevrouw!'

Zij reikte mij haar hand.

'Ik dank u,' zei ze.

'Geen dank. Ik moest wel.'

Ik drukte haar hand en ging de deur uit.

Ik voelde dat ze nog iets anders wilde zeggen. Of misschien verwachtte ze dat ik een andere vraag zou stellen. Maar op het moment dat René naar de oven werd gebracht, kon ik niet verder met haar praten. Eigenlijk wilde ik zeggen: 'Kan ik u misschien een ander keertje, ergens anders ontmoeten?'

Inderdaad had ik de deur voor haar moeten openhouden tot ook zij naar buiten ging. Ik had met haar moeten wandelen langs die bomen tot haar auto. We hadden toch genoeg om over te praten. Maar ik deed het niet. Ik keerde gewoon naar huis terug. Ik moest immers nog die vreemde woorden temmen voordat ik een gesprek met een vrouw onder de bomen zou kunnen voeren. Aan de andere kant wilde ik de vrouwen niet roepen. Ja wel. Eén keer, één keer maar. De vrouw die zou moeten komen, komt vanzelf. Als je haar voor de tweede keer roept, gaat ze verder weg staan. Maar zij moet toch komen. Het was niet voor niets dat mijn naam naast haar naam op de ansichtkaart stond. Eens zou er ook een tijd komen dat ze aan de deur zou kloppen. Aan de deur van Bolfazls woning.

19

Er werd geklopt.
Op een herfstige dag, geloof ik. Een paar weken na de crematie. Ik deed de deur open. Een vrouw. Een oude vrouw met een koffer stond voor de deur. Ze had een sjaal om haar hoofd geknoopt. En buiten waaide het hard.

'Bent u de man die...'

Ach, zij was een landgenote van mij. Ze liet me een briefje zien. Mijn naam stond erop.

'Komt u binnen, mevrouw.'

'Bent u degene die mijn zoon voor het laatst gezien heeft?'

'Uw zoon, mevrouw? Welke zoon?'

Ineens wist ik waar ze het over had. Ik zette onmiddellijk een stoel midden in de woonkamer.

'Komt u verder, mevrouw.'

Dit was geen gast. Zij kwam voor iets anders. Iets serieus. Ze kwam om me vragen te stellen. Mijn naam stond op haar brief. Dus niet op een bank, maar op een stoel zou ze moeten zitten.

'Gaat u daar zitten,' zei ik nadrukkelijk.

Ze plaatste de koffer naast de stoel en ging zitten. Ik zette ook een stoel neer tegenover haar, voor mezelf.

'Mevrouw, hoe komt u aan mijn adres?'

'Landgenoten. Ook de politie. Twee uur geleden ben ik aangekomen. Twee jongens hebben me van het vliegveld afgehaald. Ze brachten me hier tot voor de deur en ze komen me zo ook halen.'

Ze haalde een foto uit haar zwarte handtas.

'Men zegt dat u het lijk van mijn zoon gezien hebt. Is dat waar?'

'Het lijk van uw zoon?'

'Ik kan niet geloven dat mijn zoon met een trein... hoe zeg je dat... tussen de rails... zeg, zeg dat het niet waar is. Wij, de familie, zijn broers, zijn zusters, de ooms en tantes, kunnen dat niet geloven. Kijk goed naar deze foto. Alstublieft, zeg dat het lijk van iemand anders was.'

Ik pakte de foto en keek er aandachtig naar. Het was dezelfde foto van de man als die in het paspoort. Ik keek naar de vrouw, naar die oude, wachtende ogen. Ik kende die oude vrouwen met een foto. En ik wist wat ze van me wilde horen.

De koffer stond stil te wachten. Je stuurt een oude vrouw toch niet met lege handen terug.

Een lijk paste niet in haar koffer. Maar een verhaal wel. Dat was wat ze van mij wilde horen.

Ik wist dat die broers, zusters, ooms en tantes niet op een lijk wachtten of op een graf. Maar wel op een passend verhaal.

'Heette uw zoon Sobhan ebne Sobhan ebne Sobhan?' vroeg ik.

'Ja, jongen. Hij heet Sobhan ebne Sobhan ebne Sobhan.'

'Huilt u maar niet mevrouw! Ik heb u iets te vertellen. Ik moet u iets bekennen. Niet huilen, mevrouw. Het paspoort was vals. De gegevens ook. Dit blijft tussen ons.'

'Wat vertelt u allemaal?' zei ze opgewonden.

'Neemt u me niet kwalijk. Weet u, mevrouw. Ik twijfel nog altijd. Er zijn zoveel onbekende lijken van mijn landgenoten. U begrijpt me. Iemand moet ze toch herkennen.'

'Maar mijn zoon? Was dat lijk van mijn zoon of niet?'

'Ik begrijp uw vraag. Maar ik weet niet hoe ik het moet uitleggen. Kijk mevrouw, het paspoort klopte, maar het lijk niet.'

'Ik snap het niet. Eerst zei u dat het paspoort vals was, maar nu zegt u dat het paspoort in orde was en het lijk niet. Alstublieft, maak het me duidelijk. Wat was vals en wat was precies het juiste?'

'Ik zei het net. Ik twijfel nog altijd. Kijk! U bent een vrouw met ervaring. Ik ben jaren op de vlucht. Veel landgenoten van mij dolen zonder papieren rond de aarde. Zoveel lijken die met een vals paspoort begraven zijn. Ik twijfel voorgoed. Waar, wanneer heb ik gezegd dat dat lijk van uw zoon was? Eigenlijk... hoe moet ik het uitleggen? Ik kan het niet zeggen. Ik mag het niet, mevrouw.'

Zij barstte in tranen uit.

'Ik heb die lange reis voor niets gemaakt,' zei ze huilend, 'niemand kan me vertellen wat er precies aan de hand is.'

'Ik kan het wel. Ik kan duidelijk uitleggen wat er aan de hand is. Mevrouw! Ik ken genoeg onbekende graven. Ik kan het graf aan u laten zien en zeggen: "Daar. Daar ligt uw zoon begraven." Maar zo eenvoudig is het niet. Zo duidelijk kan ik het niet bevestigen. En als ik het niet kan bevestigen, kan niemand anders het. Ik zei het net. Ik ben jaren op de vlucht. Er zijn veel te veel landgenoten die zonder papieren rondtrekken. Wie weet, misschien trekt uw zoon ook met die massa mannen mee. Mevrouw, dit blijft tussen ons. Wij, ik, uw zoon en de anderen zijn gestraft. Wie de rug naar zijn vaderland heeft toegekeerd, moet een hoge boete betalen. Hebt u het verhaal van die landgenoot gehoord? De man die alleen maar op vliegvelden mag wonen. De man aan wie geen land een papier wil geven. Ziet u, nog een man zonder papier.'

Zij veegde haar tranen weg.

'Kent u het verhaal van de Israëliet?' vroeg ik. 'De wandelende jood? De jood die veroordeeld was om tot het einde der tijden rond te dolen? Mevrouw, ga gerust naar huis. Zet de deur op een kier. Wie weet. De Israëliet keerde uiteindelijk ook naar huis terug.'

Zij reikte haar hand naar de koffer. Even betastte ze hem peinzend. Toen stond ze ineens op, pakte de koffer en zei: 'Ik ga ervandoor.'

'Misschien een kop koffie, een kop thee, mevrouw? Even uitrusten. U bent moe.'

Twee landgenoten van mij verschenen achter het raam.
'Daar zijn ze,' zei ze.
'Zullen we het graf van die onbekende bezoeken? Neemt u me niet kwalijk. De naam van uw zoon staat toch op de grafsteen.'
Zij zette een kus op mijn voorhoofd.
We gingen de deur uit.

De dag daarna was ik alleen thuis. Opnieuw werd er geklopt. Ik keek door het raam naar buiten. De ex-vrouw van René stond voor de deur. Behoedzaam opende ik de deur.
'Hallo! Stoor ik niet?'
'Storen? Integendeel. Komt u binnen, mevrouw!'
Zij overhandigde me een plat pakje, verpakt in een krant.
'Dit is voor u.'
'En wat is dat dan?'
'Toen ik Renés spullen opruimde, zette ik een paar dingen voor u aan de kant. Als herinnering aan René.'
Ik pakte het pakje uit.
'O, een schilderij. Ach, wat leuk. Wat goed van u. Dank u wel.'
Er waren ook een paar foto's bij, de foto's die hij zelf gemaakt had.
Ik zette meteen een stoel voor haar in het midden van de woonkamer.
'Gaat u zitten!' zei ik.
Ze aarzelde even tussen de bank en de stoel. Toen ging ze op de stoel zitten. Tegenover haar zette ik ook een stoel voor mezelf.
'Bij de crematie wou ik met u verder praten,' zei ze, 'maar u ging gauw weg.'
'Klopt. Een crematie had ik niet eerder meegemaakt. Op het moment dat de man de kist naar de ovenkamer duwde, kon ik niet zo makkelijk in het Nederlands praten. Begrijpt u wat ik er-

mee bedoel? René was mijn eerste buurman. Iemand die ik vertrouwde. Als volwassene had ik nooit contact met de buurmannen in mijn eigen land. In een dictatoriaal land vertrouw je niemand. Je kunt met niemand een openhartig gesprek voeren. Je moet altijd voorzichtig zijn met je woorden. Maar bij René voelde ik me thuis. Begrijpt u wat ik ermee bedoel?'

Ineens hield ik op. Ik was niet meer aan de beurt. Zij, de ex-vrouw van René was aan de beurt. Daarom was ze bij me gekomen. Dat schilderij en de foto's waren een smoes. Zij kwam bij me om haar verhaal te vertellen. Ik zweeg dus. Maar ze zei niets. En er viel een stilte. Ik pakte het schilderij weer.

'Bedankt. Zo'n schilderij heb ik altijd al gewild. Ik zal het op een goede plek hangen.'

Ik dacht dat ze nu zou moeten beginnen. Maar ze reageerde niet. Ik had verder ook niets te zeggen. 'Zal ik even koffiezetten?'

'Bij de crematie vroeg u over de details,' begon ze met een zachte stem. 'Maar het is moeilijk om erover te praten. Ik weet nog steeds niet hoe ik het moet uitleggen. Eigenlijk was het een explosie.'

Explosie? Hoezo een explosie? dacht ik. Wat bedoelt ze ermee?

Misschien had het woord 'explosie' nog een andere betekenis, die ik niet kende. Explosie kende ik als een ontploffing. En ontploffen betekende met een knal uit elkaar springen, net als een bom. Net als al die bommen die tijdens de oorlog in mijn vaderland ontploften.

'Wat bedoelt u met die explosie?'

'O, ik heb het over iets anders. Over René, over mezelf, eigenlijk over onze verhouding.'

'Verhouding? U was toch officieel getrouwd met René, neem ik aan.'

'Ja, dat wel, en het ging ook goed tussen ons. René was een schilder, een beeldhouwer en ook een vrolijke man. We kregen een kind, een dochter.'

'Klopt, ik weet het, René had het me verteld. Soms vertelde hij over u. Ik geloof dat hij u altijd miste, dat hij bij u wilde zijn, maar ik begreep dat het niet kon, dat het niet ging. Jullie waren niet gelukkig met elkaar. Zeg ik het goed?'

'Nee, ik bedoel ja. We waren niet gelukkig, maar het ging. Zoals het bij alle anderen gaat,' zei ze, 'René kon nooit een baan vinden. Altijd van die tijdelijke baantjes. Er was iets met hem, maar wat wist ik niet. Mijn huwelijk met hem was als hoe een kachel brandt. In het begin waren er wel blauwe vlammen. Ineens ontstonden er gele vlammen en toen begon het te roken.'

'Ik begrijp, ik begrijp wat u bedoelt. Moeilijk. Hoe zeg je dat. Ik kan het me voorstellen. Moeilijk. Het moet heel moeilijk zijn.'

'Hij lag naast me,' zei ze. 'Maar het was René niet meer, een vreemde. "René, wat is er? Is er iets aan de hand?" "Nee," zei hij, "ik voel me gewoon niet goed, Anneke." Als een lijk lag hij naast me. Koud.'

Ik voelde me niet op mijn gemak. Het was een gevoelig onderwerp. Ik was niet gewend om over zulke dingen met vrouwen te praten. Als zij haar verhaal vertelde, mocht ik ook vragen stellen.

Een lijk naast een vrouw, de vrouw. René kon zijn vrouw niet meer aanraken. Hij kon de borsten van zijn vrouw niet meer betasten. Zijn hand kroop niet meer naar haar dijen.

'Maar wat... en toen... wat gebeurde er daarna?'

'Hij kon niet meer naast me liggen. "Probeer het maar, René! Leg je hand op mijn arm!"'

Ik vroeg niet of hij dat ook deed. Zij zweeg even. Ik wachtte.

'Hij legde zijn hand op mijn borst,' ging ze verder. 'Au, koud. Zijn hand was als een ijsblok.'

Het waren allemaal dingen die ik nooit van een vrouw in mijn vaderland zou horen.

'Toen ontplofte het,' zei ze.

'Wat ontplofte?'

'Dat, dat gevoel. Het gevoel van afkeer. Hij ontsnapte aan mijn lichaam.'

'Ik begrijp het,' zei ik. 'Maar die plotselinge verandering in zijn lichaam begrijp ik niet.'

'Ik ook niet,' zei ze. 'Vooral in het begin niet. Ik moest gewoon afwachten in de hoop dat het weer goed ging tussen ons, maar we hadden niets meer met elkaar. Iemand moest het huis verlaten.'

'En dat was u?'

'Nee. Ik kon hem niet zo alleen achterlaten. Eigenlijk was hij ziek. Of niet ziek, maar... nog steeds weet ik niet hoe ik het moet noemen.'

'U hebt toch geluk dat u in een westers land woont. Ik vraag me af, wat zou een landgenote van mij doen als ze zo'n probleem had?'

'Misschien ging het in uw land anders, of gebeurde het helemaal niet. Ik wist geen oplossing. Ik moest afwachten tot die verandering zich goed duidelijk aftekende. Aan de andere kant moest ik wachten tot onze dochter een beetje groter zou worden.'

'Maar dat gevoel, hoe moet ik het zeggen, dat gevoel van afkeer, hoe kon u ermee omgaan?'

'Geen probleem. We maakten een afspraak. Ik verliet de slaapkamer en ging bij mijn dochter slapen. In het begin was het moeilijk, maar je went er wel aan. Daarna werd alles duidelijk. René had geen vrouw meer nodig. Hij ging op zoek naar een man en zei dat ik ook naar een andere man mocht zoeken, maar zo makkelijk was het niet. Het duurde even. Eerst moest ik aan het idee wennen. Daarna ging ik voorzichtig op zoek naar een andere man. Het klinkt gemakkelijk, maar je komt geen andere man tegen, wel veel mannen. Allemaal tijdelijke mannen.'

'René ook, geloof ik.'

'Ja, hij had ook tijdelijke mannen. Zo ging het maar door. En we waren allebei tevreden. We praatten zelfs over de mannen die we buiten het huis ontmoetten. Alles was rustig thuis. En onze dochter groeide naast ons op, maar ineens vond René een vaste partner.'

'O, bedoelt u misschien die kleine man? De man met die twee oorbelletjes?'

'Ja, die bedoel ik. U moet hem gezien hebben. Hij woonde nog met René samen toen jullie hier kwamen wonen.'

'Daarna moest u het huis definitief verlaten, neem ik aan?'

'Nee, nog niet. In het begin ging René een paar nachten per week bij hem logeren. Ik had er geen last van. Hij mocht het zelf weten. Daarna logeerde zijn vriend af en toe bij ons. Dat kon ik ook nog verdragen. Maar toen ik op een avond thuiskwam, zag ik dat er een groot bed in de woonkamer stond, bij het raam. Wat krijgen we nou? Zijn partner kwam bij ons inwonen. Ik had geen keuze. Ik moest het huis verlaten. Onze dochter bleef bij René. Ik pakte mijn koffer.'

De dag daarna kwam ik er pas achter waarom de vrouw van René bij mij kwam. Als ze niet gekomen was, wie had dan het verhaal van René op een rijtje moeten zetten in mijn hoofd?

Ze kwam ook om de opengelaten plekken van de oude Perzische verhalen die ik kende in te vullen.

In de oude literatuur van mijn vaderland gaat het wel vaker over een man die op een andere man verliefd is. In zo'n verhaal is er geen sprake van een vrouw. Het gaat altijd over een man. Zelfs over een wijze man met een grijze baard die het niet meer aankan. Ineens rukt hij zijn kleren uit en loopt naakt naar de ander. De rest van het verhaal wordt niet verteld.

Over de vrouw van die wijze man hoorde je niets. Je wist ook niet of de man als een blok ijs naast zijn vrouw lag en of hij een afkeer had van haar borsten. Je hoorde niets over de warme dijen van de vrouw die naar de hand van haar man verlangden.

Er werd niet over geschreven dat de koude hand van de wijze

man zwaar als de hand van een dode op haar dij lag. De exvrouw van René kwam, vertelde iets wat ik nodig had en ging ervandoor. Net als de moeder van Sobhan ebne Sobhan ebne Sobhan die kwam, een kus op mijn voorhoofd zette en wegging. Maar de ex-vrouw van René zette geen kus op mijn voorhoofd. Misschien had ik een kus moeten geven op haar voorhoofd op het moment dat ze vertelde dat René haar als vrouw niet meer wilde. Dom, dom van mij.

20

Anneke kwam bij me om een punt te zetten achter Renés levensverhaal. Toen hij niet meer bestond was het verhaal voor haar voorbij. Ze ging zelfs verhuizen naar een andere stad, om een nieuw leven te beginnen zonder Renés schaduw.

Maar men kan geen punt achter een verhaal zetten. Verhalen hebben hun eigen wetten. Men is niet in staat om de loop van de verhalen te veranderen. Een verhaal is uitgestorven of een verhaal zal tot het einde der tijden leven.

Ik was niet in staat om wat met Renés levensverhaal te doen. Ik kon het verhaal niet aan de kant zetten. Hoe kon ik mijn ogen sluiten en het lege huis naast onze woning niet meer zien? Hoe kon ik mijn vingers in mijn oren stoppen om niets meer over René te horen? Hoe kon ik de deur op slot doen om Anneke niet bij mij te laten komen? Alles gebeurde buiten mij om. Hoe kon ik ophouden te denken aan wie de volgende buurman zou worden?

Op het moment dat de doodgraver René in de oven deed, was het afgelopen met hem, maar niet met het verhaal. Hij ging liggen in mijn herinneringsruimte. Maar hoe het verhaal verder zou lopen, daar had ik geen idee van.

Ik wilde niet stil blijven staan. Ik wilde mijn bijdrage leveren aan de loop van de ontwikkelingen. Daarom ging ik een andere baan zoeken.

Bij die blikfabriek kon ik niet langer blijven werken. Voor mij was het afgelopen. Ik had mijn huis en haard niet verlaten om de blikken van Nederlanders te controleren. Een Hollandse molen begon in mijn hoofd te draaien van duizenden blikjes die dagelijks over de productieband langs mijn neus liepen. De kapotte blikken kon ik niet meer onderscheiden. Ze liepen met de goede blikken door en gingen tussen de tanden van de machine vastzitten. Ik moest de band dus iedere keer opnieuw stoppen, de machine afzetten en het kapotte blik er met moeite uittrekken. Toen kwamen de arbeiders om me heen staan.

'Kijk, alweer,' zei de een.

'Ik zei het toch. Hij is er geen man voor,' zei de ander.

'Laat zitten! Je maakt de tanden van de machine kapot.'

'Nee, hij verstaat geen woord Nederlands. Wie heeft hem hier toch laten werken? Die buitenlanders kunnen niet met die moderne machines werken.'

Toen verscheen de chef.

'Iedereen naar zijn eigen plek!' riep hij. 'Slaap jij? Waar ben je met je hoofd?'

Ik deed mijn best, maar het ging niet. En als het niet ging, ging het gewoonweg niet. Het was geen baan voor me, maar een straf. Toch probeerde ik koste wat kost de kapotte blikken van de band weg te krijgen. Maar het ging mis. Zo erg mis dat de chef riep: 'Pak je jas!'

Ik pakte mijn jas en liep met hem mee naar zijn bureau.

'Zo simpel is het niet in Nederland,' zei de chef. 'Als je zulk eenvoudig werk niet kunt doen, wat moet je dan?'

Ik zei niets.

'Waarom zeg je niets? Misschien kies je voor een uitkering. Lekker thuis zitten. Makkelijk. Je hoeft je nergens zorgen over te maken. Het geld wordt automatisch op je rekening gestort. Of niet?'

Ik wilde hem geen antwoord geven, was bang dat mijn woede uit de hand zou lopen. Ik dacht dat het beter zou zijn om er gewoon maar vandoor te gaan. Ik deed dus de knopen van mijn jas dicht en ging.

'En ook zo brutaal,' hoorde ik achter me op de gang.

Zijn woorden kon ik niet slikken. Ik wilde hem een passend antwoord geven, maar dat veranderde niets. Fantasie en werkelijkheid lopen door elkaar bij een banneling. De fantasie is zelfs harder dan de werkelijkheid. In mijn gedachten keerde ik terug naar de chef. Hij stond achter zijn bureau te telefoneren. Ik pakte hem bij zijn kraag en broekriem. In één beweging tilde ik hem boven mijn hoofd en riep: 'Wat wil jij, chef? Moet ik je in de zee gooien of in het vuur?'

'In de zee,' smeekte hij.

Hij was een Hollander en kon zeker zwemmen. Ik gooide hem dus niet in de zee, maar naar mijn verleden.

Daarna ging ik naar huis.

Thuis wilde ik niet blijven zitten. Als je zit, verloopt het proces van je vlucht traag. Voortdurend deed ik pogingen om er achter te komen wat Hollanders aan het doen waren.

Voor ik naar Nederland kwam, kende ik het Nederlandse volk niet. Ik had wel wat over Holland gehoord, maar niet over Nederland.

Bij ons waren Hollandse kippen bekend. Huisvrouwen wilden ze niet hebben: 'Hoe lang moet ik die kip nog in de snelkookpan zetten voor ze gaar is?'

Maar toch, na uren op het vuur, kreeg je een gare kip op tafel.

Ik had ook over die dappere Hollandse jongen gehoord. Volgens het verhaal stopte hij zijn vinger in een gat van de dijk en zo redde hij het Hollandse volk.

Maar als je de grenzen overschrijdt, ontbinden de valse verhalen in je gedachten en komen er nieuwe verhalen tot stand. Je ontdekt nieuwe dingen en ziet hoe ze in elkaar zitten. En je wilt de dingen opnieuw betasten. Opnieuw bekijken. Opnieuw ervaren. Het was ook niet toevallig dat ik nieuwsgierig was naar het lichaam van een Hollandse vrouw.

Tot hoe ver ik de nieuwe dingen zou kunnen ontdekken, moest ik gewoon afwachten. Net als anderen zou ik moeten gaan leven en kijken wat de tijd voor me mee zou brengen.

Mijn vrouw leefde normaal, net als de anderen. 's Ochtends om tien uur ging ze regelmatig bij de buurvrouwen koffiedrinken. Ze kletsen anderhalf uur. Daarna haalden ze samen de kinderen van school.

Mijn zoon was ook gegroeid. Ineens hoorde ik dat hij met een Nederlands accent in zijn moedertaal praatte. Hij schreef nu in het Nederlands en ging met de andere jongens boeken halen uit de bibliotheek.

Ik worstelde met de Nederlandse taal, maar zij gingen vooruit. Met mij was er iets aan de hand. Ik leefde nog steeds met verhalen en met het huis naast ons dat leeg stond.

Eigenlijk wilde ik gewoon gaan leven net als alle anderen. Het liefst had ik leren schaatsen op de sloot voor mijn woning, vallen en opnieuw opstaan tussen de Hollanders die het zo goed konden. Maar het ging niet.

Ik had de doodgraver moeten vragen om mijn verleden ook in de oven te doen en de as in een pot te scheppen. Daarna had ik de pot op mijn Hollandse schoorsteenmantel moeten zetten.

Soms dacht ik: als René niet mijn buurman was geweest, was ik dan net zo intensief met mijn verleden bezig geweest?

Als in plaats van hem iemand anders mijn buurman was geweest, was ik dan anders gaan leven?

Ik vroeg me af of het Renés schuld was dat Asgar de Kale voortdurend rondfietste in mijn gedachten.

Misschien wel. Omdat René met mannen naar bed ging, wekte hij een gedeelte van mijn herinneringen. Iets wat een ander niet kon. En het ging over de kinderlokker. Over de jongens en Asgar de Kale. Het lege huis hield me bezig, niet omdat René er gewoond had, maar omdat een leeg huis voor mij het symbool van de vlucht was, de vlucht, de verkrachting en het verlies. Ik kende tal van huizen die door de bewoners op een geheimzinnige manier waren verlaten.

Neem Tjchinies huis. Het huis van onze buren van dertig jaar geleden.

's Avonds brandde er nog licht in hun kamer, maar de dag daarna, 's ochtends vroeg toen ik de deur uitging om vers brood te halen, zag ik dat het huis leegstond. Ik legde mijn hoofd tegen het raam en keek naar binnen. Niet te geloven. Het was echt leeg. Ik rende terug naar huis en riep: 'Moeder! Ze zijn weg. Het huis staat leeg.'

'Wie zijn weg?'

'De familie Tjchinie.'

Mijn moeder snelde naar buiten. Verbaasd keek ze door het raam naar binnen.

'Klopt. Ze zijn weg,' zei ze bij zichzelf.

Ik begreep het niet. Hoe konden ze eensklaps weg zijn?

Men vertelde ook nooit wat aan de kinderen. En de vraag bleef als een vergrendeld leeg huis in mijn hoofd. Later was ik het vergeten. Eigenlijk had ik de vraag in mijn geheugen gestopt om hem dertig jaar later opnieuw te stellen.

Waarom hadden ze ineens hun huis verlaten?

Waarom hadden ze geen spoor achtergelaten?

Waarvoor waren ze weggevlucht?

Voor wie waren ze bang?

Ik deed nu een poging om erachter te komen, maar ik had geen gegevens. In mijn geheugen zocht ik naar losse woorden, naar verdwaalde zinnetjes, om ze naast elkaar te zetten en het verhaal van het lege huis tot stand te brengen.

'Tjchinie was een activist,' hoorde ik in mijn herinnering een man zeggen. 'De politie zat achter hem aan.'

'Nee hoor,' zei een andere man. 'Hij kon niet meer in deze stad wonen. Asgar de Kale zit achter het verhaal. Men heeft de kleine zoon van Tjchinie met blote billen in de druiventuinen gezien. Tjchinie kan niet meer met opgeheven hoofd door de stad lopen.'

'Het heeft niets met Asgar de Kale te maken,' zei een jongeman. 'Tjchinie was een rebel. Je kunt het toch zien aan zijn lange snor en zijn donkere bril.'

'Gisteren heb ik Tjchinie gezien,' zei een jonge jongen. 'Bij de brug sloeg hij Asgar de Kale in elkaar. Hij gooide hem met zijn fiets in de rivier.'

'Opschepper, gisteren heb ik zelf Asgar de Kale gezien. Hij stond gezond en ongeschonden voor zijn winkel.'

'Maar zijn fiets stond er toch niet. Bovendien heeft men een kinderfiets uit de rivier gehaald. Wie heeft er kinderfietsen behalve Asgar de Kale?'

'Toch was Tjchinie een vreemde man,' zei iemand anders. 'Hij had met niemand contact.'

En mijn vader riep boos: 'Naar huis! Jij!'

En ik rende naar huis.

'Bolfazl, luister naar me,' zei mijn vader. 'Anders moeten wij ook ineens ons huis verlaten.'

In die tijd ontsnapte ik in mijn gedachten vaak met mijn vader. En we lieten ons huis leeg achter in het donker.

21

Bij ons thuis moest ik, als jongen, wakker worden voor de zon opkwam. Haastig waste ik mijn handen, mijn armen en mijn gezicht. Dan snelde ik naar de woonkamer en ging naast mijn vader staan. We richtten ons naar Mekka en lazen hardop uit het heilige boek. Dat duurde tot het daglicht kwam.

In Nederland gingen mijn ogen ook open voordat de zon opkwam. Ik waste mijn handen, mijn armen en ging naar beneden, naar de woonkamer, om oude kranten te lezen.

Het was een koude winterse morgen. De eerste winter na Renés dood. De bries kwam onder de tuindeur door en sneed in mijn blote voeten. Ik deed mijn wollen sokken aan en ging aan tafel zitten om de kranten te bestuderen.

Ik hoorde iemand in de achtertuin. Ik deed het gordijn opzij om naar buiten te kijken. Maar er was nog geen licht. Even wachtte ik tot de tuin licht werd. Toen zag ik een man in Renés tuin. Een man met een bijl.

Hij liep naar de boom, naar de bevroren pruimenboom. Hij zette de bijl aan de stam waar de boom uit de grond stak. Even bleef hij stilstaan. Toen begon hij te hakken.

Het was een zondag. Zeker een zondag. Dat weet ik goed.

Behoedzaam zette ik de tuindeur op een kier. Het geluid van de stam onder de bijl wilde ik niet missen: hak, haak, haaak, haaaak, hak.

Ik hield de tuin in de gaten. Het duurde zeven en een halve minuut tot de man ophield met hakken. Met de bijl in zijn hand keek hij naar de boom die nog steeds op zijn plaats stond. Toen schopte hij hard tegen de stam. De boom viel om. Ik pakte mijn jas, deed hem aan en ging naar het hek.

'Een goede morgen,' riep ik.

De man keerde zich naar me toe.

'Bolfazl. Ik ben Bolfazl.'

'Koud. Alles bevroren,' zei hij.

'Ik mag aannemen dat u mijn nieuwe buurman bent.'

'Het brandt goed,' zei hij.

'Wat brandt goed?'

'De stam. Het is goed voor de kachel. Mijn moeder heeft een houtkachel. Ik hak het voor haar.'

Ik keek naar de boom die op het bevroren gras lag.

'Komt u hier wonen of...'

'Mijn moeder zal blij wezen met de houtblokken die ik voor haar hak. Nu wordt het tenminste een warme winter voor haar.'

God! Hij gaf geen antwoord op mijn vragen. Ik wilde hem zeggen dat ik blij was dat wij nieuwe buren kregen. Ik wilde hem vertellen dat de boom dikke donkerblauwe pruimen produceerde, maar aan zo'n man kon ik zulke dingen niet vertellen. Hij was een vreemd wezen, kon niet even stil blijven om antwoord op mijn vraag te geven. Opnieuw richtte hij zich tot de boom en hakte onhandig in de stam. Ik keerde dus maar terug naar de woonkamer.

'We hebben nieuwe buren gekregen,' riep ik naar boven, naar mijn vrouw. 'Een rare man. 's Ochtends vroeg met een bijl. Hoor je me?'

Ik ging naar boven.

'Slaap je nog? Ik wilde hem vragen of hij alleen was of een gezin had, maar hij gaf geen antwoord. Hij stelde zich niet eens voor. Hij heeft het alleen over zijn moeder. Hoor je me?'

Nee, ze hoorde me niet. Ik keek door het raam naar beneden. De man was fanatiek aan het hakken.

'Het wordt niets. We mogen geen normale buren hebben. God! Wakker worden. Waar heb je zoveel slaap voor nodig?'

'Zondag!' riep ze van onder de wol. 'Vandaag is het zondag. En op zondag slaapt iedereen uit.'

'Iedereen? Wie is iedereen?'

'Alle mensen behalve jij, Bolfazl!'

Ik proefde dreiging in haar woorden.

'Bolfazl! Kom nou ook in bed! Je bent toch geen haan die voor dag en dauw moet kraaien.'

Die vrouw van mij, die vroeger zonder mij niets durfde te doen. De vrouw die altijd een zachte glimlach voor me had, praatte nu met een dreigende stem tegen mij. Ze had mij niet meer nodig. Ze sprak helder Nederlands, had haar relaties ook uitgebreid. Zij zocht een baan en had zelfs een privé-bankrekening laten openen. Nee, ik kon mijn woorden niet meer bij haar kwijt.

De haan, de kerktorenhaan stond boven op de schuur en keek ademloos naar beneden, naar de gevelde boom.

's Middags stond er een stapel houtblokken klaar tegen de muur van de schuur. De man had de tuin ook omgespit. Alleen iemand die niet goed bij zijn hoofd was zou een bevroren tuin gaan omspitten. Het was alsof daar nooit een boom had gestaan die ooit pruimen droeg. Ik kon niets doen. Het was zijn eigen tuin.

Tot laat in de avond was hij bezig om zijn spullen binnen te brengen. De volgende dag, toen ik van de stadsbibliotheek naar huis kwam, zag ik een paar lange aluminium palen in de tuin liggen. Ik zette mijn fiets op de standaard, ging kijken wat hij met die lange palen wilde doen. Ineens kwam hij met een ladder van achter de schuur tevoorschijn.

'Goedemiddag, buurman,' riep ik.

Hij zette de ladder tegen de muur van de schuur en klom het dak op. Ik begreep niet wat hij van plan was.

'Goedemiddag buurman,' riep ik opnieuw.

'Getverderrie,' zei hij, 'wat een lelijk ding. Wie zet er nou zulke rotzooi op zijn dak?'

Op handen en voeten klom hij verder naar de haan. Hij greep de poot van de haan vast en kwam overeind.

'Verdomme, hij zit vast. Ik moet hem afzagen.'

'Waarom afzagen?' riep ik. 'Laat hem staan. Hij doet geen kwaad.'

'Ik hoef geen haan op mijn dak. Hier moet mijn antenne komen.'

Hij hield de haan boven aan zijn poot vast en probeerde hem eruit te trekken.

'Potverdorie, hij wil er niet uit.'

Hij pakte de haan bij zijn kop en rukte hem er driftig met poot en al uit.

'Weg met dat ding,' riep hij en gooide hem naar beneden.

De haan hield me uit mijn slaap. Ik stapte voorzichtig het bed uit. Op mijn tenen sloop ik de treden af naar de woonkamer. Ik trok mijn jas aan, deed mijn hoed op en ging zachtjes naar de tuin. Het was koud en de hemel was bezaaid met sterren. Ik wilde naar de tuin van de buurman gaan en de haan uit de container halen. Maar nu ik buiten in de kou stond, begon ik te twijfelen. De haan had geen functie meer. Eigenlijk was hij niets anders dan een verroeste herinnering. Een stuk afval. Ik moest vooruitkijken, geduld hebben. Die aluminium palen lagen niet voor niets in de tuin. Misschien zou de man iets beters plaatsen op de lege plek van de haan. Wie weet, misschien viel alles toch mee.

Ik wandelde langs de sloot, passeerde de houten brug en liep langs de boerderijen. De ramen waren donker en de honden sliepen binnen. Ik liep rustig verder naar de dijk. De maan scheen. Een eenzame reiger stond aan de overkant van de rivier.

'Koud,' riep ik. 'Koud, reiger! Zeg! Heb jij je bed ook verlaten?'

Even bewoog hij. Daarna keek hij me aan.

'Geen slaap?'

Hij vloog weg. Ik wandelde verder. De haan sprong uit mijn gedachten en ging op mijn rechterschouder staan. Toen fladderde hij naar het gras en ging weg.

22

De derde dag zag ik dat de buurman een lange aluminium paal op het dak probeerde te sjouwen. Hij kon met moeite zijn evenwicht bewaren.

'Zal ik u een handje helpen?'

'Nou, nee, ik red me wel,' mompelde hij.

Toch viel er een onderdeel van de paal op de grond.

'Verdorie,' riep hij.

'Wacht maar even. Ik pak het wel,' zei ik en ging over het hek heen naar zijn tuin. Ik pakte het stuk en klom de ladder op.

'Ga maar verder. Ik zal de paal aan deze kant vasthouden.'

Ik ging op het dak staan en hield het einde van de paal vast. Hij kroop naar de schoorsteen, deed de stekker van de boormachine in het stopcontact van een verlengsnoer en begon gaten te boren. Vervolgens schroefde hij een paar klemmen aan de ene kant vast. Toen riep hij: 'De lange paal!'

Ik schoof de lange paal naar hem toe. Met moeite tilde hij hem rechtop, zette hem tegen de schoorsteen en schroefde hem met de klemmen vast.

'De volgende!' riep hij.

Ik drukte de volgende paal naar boven. Hij schroefde hem aan de andere kant van de schoorsteen vast.

Een paar keer ging ik naar beneden en bracht de onderdelen van de antenne naar boven. Meer dan twee uur waren we zo bezig, maar ik zag niets anders dan een paar vastgeklemde palen die tegen de schoorsteen aan de lucht in staken.

'Vreemd, hè?' riep ik.

'Wat is vreemd?'

'Dat ding lijkt nergens op. Waar heb je het voor nodig?'

'Nu de draden,' riep hij. 'Ik moet hem spannen, anders valt hij bij de eerste de beste windvlaag naar beneden.'

Ik haalde een grote rol ijzerdraad uit de schuur. Liggend op het dak overhandigde ik hem de rol.

'Waar heb je het voor nodig?' herhaalde ik mijn vraag.

'Tang,' riep hij.

Ik wierp de tang naar hem. Hij knipte de ijzerdraad in een paar grote stukken.

'Klem,' riep hij.

Ik gooide de klemmen een voor een naar hem toe. Op verschillende plekken bond hij de draden aan de antenne vast.

'Naar beneden,' riep hij.

We gingen naar beneden. Nu wilde hij de draden op verschillende punten vastmaken.

'Die kant op!' zei hij en ging met de boormachine en het snoer naar de schuur van een van de buren. Ik pakte een van de draden en liep hem achterna. Hij zette de boormachine aan en begon lawaaierig te boren. Een dikke man rende naar buiten.

'Wat ben je in 's hemelsnaam aan het doen?'

'Gaatjes boren,' zei hij onverschillig.

'Gaatjes boren? Je mag geen gaatjes boren in mijn muur.'

'Jammer dan,' zei hij, 'ik zoek wel een andere muur.'

De ramen van de buren gingen open. Iedereen stak het hoofd naar buiten.

'Wat is er aan de hand?' riep een andere man door het raam.

'Zonder te vragen boort hij gaten. Vreemd hè! Allemaal vreemde buren tegenwoordig. Zomaar boren in andermans muur.'

Hij lette helemaal niet op de man. Het was alsof hij doof was en hem niet hoorde.

'De ladder,' riep hij tegen mij.

Gehoorzaam ging ik de ladder halen. Ik verbaasde me. Waarom luisterde ik naar de man van wie ik de naam nog niet eens kende? Waarom deed ik wat hij aan mij vroeg? Wat gebeurde op die dag dat ik zo gehoorzaam was?

Kwam het door zijn manier van doen?

Was het zijn zwijgzaamheid? Zijn onverschilligheid? Of was het de antenne die me intrigeerde?

Ik haalde de ladder en zette hem tegen een oude boom die langs de straat stond.

Hij klom de ladder op, de boom in.

'Draad!' riep hij.

Ik overhandigde hem de draad. Hij bond hem aan een dikke tak. Toen zette ik de ladder tegen de stam van een andere boom en bonden we de volgende draad vast.

'Nu naar jouw schuur,' riep hij.

'Mijn schuur?' reageerde ik verbaasd.

Ik wilde protesteren: nee, dat mag niet bij mijn schuur.

Maar de schuur was niet van mij. Het was de schuur van de Hollanders, die ik mocht gebruiken.

'De boormachine,' riep hij.

Dus overhandigde ik hem de boormachine. Hij boorde een paar gaten in de muur, schroefde er een paar dikke schroeven in, bond de laatste draad eraan vast en riep: 'Zo. Klaar.'

Zonder een woord te zeggen pakte hij de boormachine en het verlengsnoer en ging naar zijn tuin terug.

Ik ging naar binnen, waste mijn handen en liep naar het raam.

Een vreemde antenne stond op het dak. Een vogel verscheen. Eerst vloog hij er een rondje omheen. Toen ging hij erop zitten.

Had de man een gezin? Een vrouw? Een zoon?

Hij had ten minste een moeder. Dat wist ik. Hij had de boom voor haar omgehakt.

Zou hij alleen een moeder hebben en een antenne?

Vreemd. Allemaal vreemde Hollanders. Neem nou de mannen uit de buurt. Ze waren bang voor mij. Het was alsof ik een besmettelijke ziekte had. Zodra ik de buitendeur opende en een stap op straat zette, gingen zij naar binnen.

Ze hoefden niet naar binnen te gaan. Ze konden me toch gewoon een kans geven om de Nederlandse zinnen die ik geleerd had te gebruiken?

'Hallo. Ik ben Bolfazl. Wie bent u?'

Een paar vrouwen hadden de stap wél gezet.

'Een goede morgen!'

'Goede morgen. Ja, koud. Bij ons? Ook koud. Bergen. Hoge bergen. Oude hoeden.'

'Oude hoeden?'

'Ik bedoel de oude mutsen van sneeuw die voor altijd op de toppen van de bergen liggen. En opnieuw valt er sneeuw en komen die dikke vlokken op de oude te liggen.'

'O, de eeuwige sneeuw bedoel je?'

'Ja, eeuwige, de eeuwige sneeuw bedoel ik.'

Vreemd. Allemaal vreemde Nederlandse mannen. Nu deze weer.

Pas daarna kwam ik erachter dat ik niets van hem hoefde te verwachten. Geen dankjewel, geen reactie. Ik zou hem gewoon als een vogel, of als een reiger moeten benaderen. Nee, ik heb het juiste woord nog niet. Als een boom misschien. Nee, ook niet. Als een paard, geloof ik. Ja, als een paard. Wat kan men van een paard verwachten? Niets bijzonders. Je loopt naar hem toe. Je aait hem over het hoofd. Soms praat je tegen hem. Je trekt je er niets van aan als het paard zich omdraait en zijn kont naar jou toekeert.

Ik vond dat ik mijn buurman ook op die manier moest benaderen. Zelf het initiatief nemen.

Het initiatief nemen is geen passende uitdrukking. Ongevraagd zou ik bij hem langs moeten gaan. Je hebt immers ook geen toestemming nodig als je naar een paard loopt.

's Avonds zag ik dat hij in zijn woonkamer bezig was. Ik klopte op de tuindeur en ging naar binnen.

'Ben je nog steeds met je antenne bezig?'

'Nou ja, antenne, eigenlijk niet.'

'Ik snap nog steeds niet wat je met die antenne gaat doen.'

'Contact opnemen. Ik neem er contact mee op.'

'Met wie?'

'Weet ik veel. Met iedereen. Iedereen die het wil.'

'Waar is iedereen?'

'In de lucht,' zei hij. 'Ik zoek. Ik pak. Ik pik zo iemand uit de lucht.'

'Zoeken, pakken, pikken?'

'Ik roep. Ik bots op mensen. Ik draai aan de knop en...'

'Welke knop?'

'Boven. Op zolder. Daarna roep ik: "Hallo! Hallo! Hallo!"'

Hij wilde me niet mee naar boven nemen. De knop wilde hij me niet laten zien. Hallo, hallo, hallo. Hoe hallo, hallo, hallo?

'Interessant,' zei ik. 'Op zolder zitten, aan een knop draaien en dan "hallo, hallo, hallo" roepen. Wat doe je verder?'

'Niets bijzonders. Ik zet de koptelefoon op en als ik tegen iemand opbots, hoor ik het wel.'

Ik was nieuwsgierig naar zijn zolder, naar de knop, maar hij zat onverschillig aan tafel en repareerde of monteerde een paar elektrische dingen.

'Interessant,' zei ik opnieuw.

Ik dacht weer aan een paard.

Ga verder, zei ik tegen mezelf. Praat met hem. Stel je vragen. Trek je er niets van aan als hij zijn rug naar jou toe keert.

'Weet je? Ik bedoel, wil je misschien jouw apparaat aan mij laten zien?'

Even zei hij niets, toen schoof hij de dingen opzij. Daarna kwam hij overeind. Zonder naar me te kijken liep hij de trappen op naar zolder. Ik volgde hem.

Hij knipte het licht van de zolder aan. Het was nog dezelfde rommelige zolder als toen René er woonde. De man had ook alles op een hoop gegooid. Gebogen liep hij verder en ging onder het raam aan een tafel zitten. Op de tafel stond een oud apparaat, iets wat op een vreemd soort radio leek.

'Wat is dat voor een ding?'

'Een zendinstallatie,' zei hij.

Het leek op zo'n apparaat uit de Tweede Wereldoorlog.

'Hoe kom je aan zo'n oude zender?' vroeg ik.

Hij draaide aan een dikte knop, zette een ouderwetse koptelefoon op en hield een microfoon voor zijn mond: 'Hallo, hallo, hallo. Hoor je me? Hallo!'

'Met wie praat jij?' vroeg ik.

'Hallo, hallo, *good evening*. Hallo, goedenavond. *Hello the Netherlands*, Jacobus, Jacobus. Verdomme, er is niets te horen.'

'Het is nog te vroeg,' zei hij. 'Het apparaat is ook oud. Het zendt niet goed. Buitenlandse contacten zijn moeilijk te leggen. Hallo... *Hello... good evening.*' Tegelijkertijd draaide hij de knop verder: 'Hallo... Jacobus, hoor je me. Jacobus, goedenavond. Klopt, een paar weken, klopt. Ik ben verhuisd. Hallo, hallo... Ben je er nog? Hij is weg. Weer verdwenen.'

'Wie is die Jacobus, Jacobus?' vroeg ik.

'Ik zelf. Ik ben Jacobus.'

'O, jij bent Jacobus. Wie was degene met wie je praatte?'

'Weet ik veel. Een man van mijn leeftijd. Ik weet verder niets over hem. Meestal is hij op deze tijd te ontvangen. We kletsen dan even wat. Slecht weer, hoor. Als het waait, wordt het niets.'

'Waar klets je met die man over?' vroeg ik.

'Zomaar. Over van alles en nog wat. Hallo, ben je er weer. Hoor je me? O, jij bent het weer. Je moeder was ziek. Is ze beter? Niet beter? Hoor je me...? Als het waait wordt het niets.'

'Wat heb je verder met die man?' zei ik.

'Verder niets,' zei hij. 'Ik zei toch, gewoon kletsen. 's Avonds rond zeven uur is hij te ontvangen. Om negen uur heb ik nog een andere vaste.'

'En wie is de andere?'

'Een man uit de lucht.'

'Klets je altijd met Hollanders?'

'Nee hoor, niet altijd. Soms een Duitser, soms een Belg, soms iemand uit Londen. Soms hoor ik wel eens een Arabier. Ik versta de Arabische taal niet. Jij wel?'

'Ik ook niet,' zei ik.

'Ben jij geen Arabier dan?'

'Nee, ik ben een Pers, een Iraniër.'

'O, ik dacht dat je een Arabier was. *Marhaba, marhaba. Alsalam aleikom* is niet jouw taal?'

'Nee, *marhaba, marhaba* is niet mijn taal. *Alsalam aleikom* is ook niet van ons. Maar *salam* wel.'

'O, Salam, jij bent Salam dus,' zei hij.

'Nee, ik ben geen Salam. Ik ben Bolfazl. Salam is *salam*, hallo, gezondheid, *how are you*. Hoe is het met je.'

'O, zo,' zei hij en overhandigde de koptelefoon aan mij.

'Probeer het maar. Roep "*salam, salam, salam*" en blijf aan die knop draaien. Als je een antwoord hoort, spreek je verder. Gauw verder praten. Snap je?'

Ik zette de koptelefoon op, hield de microfoon voor mijn mond en begon aan de knop te draaien: 'Hallo... Hallo... Hallo... *Salam, salam,* hoor je me? *Salam toetie, toetie, toetie.*'

'Wat zeg je allemaal?'

'Ik zei *toetie, toetie.*'

'Wat betekent dat?'

'Papegaai, papegaai.'

'En waar heb je het over?'

'Weet ik veel. Ik wilde gewoon iets in het Perzisch roepen, maar ik hoorde niets, alleen maar geruis.'

'Je moet het leren. Het geruis moet je voorbij laten gaan. Naar de stemmen moet je luisteren. Gauw een stem pakken en verder gaan.'

'Interessant. Echt, ik vind het interessant. Ik zou ook wel zo'n ding op mijn zolder willen hebben. Zo willekeurig praten met de mensen uit de lucht. Je helemaal uiten bij degene die je niet ziet.'

'Ik moet gaan eten,' zei hij en draaide de knop om.

We gingen naar beneden. Hij naar de keuken. Ik naar de tuin.

In de tuin stak ik een sigaar op en keek naar de antenne.

Jacobus had een antenne.

Mijn vader een waterput. Op die avond was er niemand thuis behalve mijn vader en ik. Ik lag naast hem in mijn bed op de grond. In mijn slaap hoorde ik iemand huilen. Ik opende mijn ogen en ging rechtop in bed zitten. De gordijnen waren dichtgetrokken en op de binnenplaats huilde iemand. Ik wilde mijn vader wakker maken, maar hij was er niet. Zijn plek was leeg. Angst overviel me. Ik ging naar het raam en schoof voorzichtig de hoek van het gordijn opzij. Er was maanlicht op de binnenplaats. Er klonk gehuil, maar er was niemand te zien. Bij de waterput verplaatste zich een silhouet en knielde voor de put. Hij boog zich voorover en begon tegen de put te praten. Hij praatte en huilde hardop. God, het was mijn vader.

Mijn vader huilde. Wat een vreselijk gezicht om hem te zien huilen. Ik kon niet lang naar mijn huilende vader kijken. Hij had me altijd voorgehouden dat mannen niet mogen huilen. Benauwd ging ik naar mijn bed terug, schuilde onder de dekens en huilde om mijn vader. Ineens hoorde ik zijn rustige voetstappen. Behoedzaam opende hij de deur van de kamer en kwam binnen.

'O, ben je wakker, jongen? Huil je? Waarom huil je dan?'

'U huilde, vader. U huilde tegen de waterput.'

Even zei hij niets. Toen ging hij naast me liggen en schoof zijn linkerarm onder mijn hoofd. Hij legde zijn rechterarm onder zijn eigen hoofd.

'Mannen mogen ook huilen, jongen. Mohammed, de profeet,

huilde ook. Soms in een verlaten waterput. Vaak op de Heraberg. Mohammed was veertig.'

'Net zo oud als u bent, vader.'

'Ja, net zo oud als ik nu ben. 's Nachts klom hij de Heraberg op.'

'Waarom moest hij daar 's nachts naartoe gaan?'

'Om op een verlaten plek te praten.'

'Tegen wie praatte hij, vader?'

'Tegen de lucht. Tegen de hemel. Hij deed zijn *aba* aan en klom rustig naar de top. De maan scheen. De stad lag stil onder aan de voet van de berg. Geen vogel vloog in de lucht. Geen kameleon kroop onder de stenen vandaan. De wereld sliep. Alleen de nacht, de lucht en Mohammed waren wakker.'

'Wat zei Mohammed dan tegen de lucht?'

'Hij ging op de top staan. Stak zijn armen uit naar de hemel en riep: "Ik kan niet meer. Ik kan niet meer."'

23

Ik vond een tijdelijke baan bij een gemeentelijk depot. Een ouderwets depot met duizenden oude dossiers van mensen die overleden waren, van huizen die niet meer bestonden en fabrieken waar alleen papieren van over waren. Een geschikte baan voor een buitenlander die niet meer thuis wilde blijven. Ik moest de dozen openen en de papieren sorteren. De foto's apart leggen. De verroeste nietjes wegnemen en alles netjes op een tafel neerleggen. 's Middags kwam er altijd een ambtenaar.

'Centjes verdienen, nietwaar? Goed gedaan. Overal liggen centjes, maar men wil ze niet pakken.'

De ambtenaar vergat soms langs te komen. Ik vreesde dat men per ongeluk de deur op slot zou doen en mij in het depot in het donker achter zou laten. Ik alleen met die oude gemeenteratten. Geregeld controleerde ik de deur.

Toch wilde ik daar in het depot blijven. Het ging helemaal niet goed tussen mijn vrouw en mij. Ze was voor een gesprek uitgenodigd bij een chocoladefabriek. Ze ging een leven voor zichzelf opbouwen. Iedere dag verloor ik iets meer van mijn gezag. In mijn eigen land was ik een man van status. Nu was ik ladderdrager bij Jacobus de buurman. Medewerker van oude ratten. Maar dat gaf niets. Ik moest vertrouwen hebben en mijn nieuwe bestaan erkennen. Nog even in het depot gaan werken. Nog een poosje als een mannetje leven. Nog een periode met discipline 's ochtends vroeg naar beneden gaan en oude krantjes lezen. Mijn ervaring zei dat het niet altijd zo zou blijven.

's Ochtends toen ik de gordijnen opzij wilde doen, zag ik dat alles met een dik pak sneeuw was bedekt. Plotseling zag ik een machinist in de tuin van Jacobus. Hij stond met zijn pet op en zijn tas om naar de antenne te kijken. Ik schoof de gordijnen helemaal opzij en deed het raam open.

'Een goede morgen,' riep ik.

De man deed zijn pet af.

'Jacobus!'

Jacobus was treinmachinist.

Jacobus is de man die René overreden heeft, schoot het meteen door mijn hoofd.

Ik kon de gedachte niet beredeneren. Als ik het hardop zou zeggen, klonk het onzinnig. Als ik het op papier zette, ontbraken er feiten. Als ik het tegen mijn vrouw had gezegd, had ze kunnen denken dat ik wartaal uitsloeg. Maar ik hoefde mijn gedachten niet hardop te zeggen. Ik hoefde ze met niemand te delen. Hartkloppingen, spanning op mijn ogen, temperatuur van mijn huid, de antenne, de boom, de pet, de tas schreeuwden me allemaal toe dat Jacobus de man was. De treinmachinist. Ik was heus niet dom. In mijn vaderland had ik immers wiskunde gestudeerd. Daar had ik in verschillende bedrijven gewerkt. Ik had geleerd om logisch te denken. Ik wist het, maar ik wist ook dat ik niet meer de oude was. Van die oude logica was niet veel overgebleven. Ik was op de vlucht. En het vluchten heeft zo zijn eigen logica. Alles wordt op een andere manier beredeneerd. Eigenlijk was ik samen met die oude ratten bezig om die oude logica uit mijn hoofd te bannen en een nieuwe te ontwikkelen.

In het depot van de gemeente had ik genoeg tijd om na te denken. Geleidelijk kwam ik erachter dat ik op een andere manier zou moeten leven. Flexibeler. Riskanter. Het zou eigenlijk niet belangrijk moeten zijn dat ik mijn vrouw uit mijn handen liet vallen. Ook hoefde ik me geen zorgen te maken als mijn zoontje geen woord van mijn taal wilde spreken. Eerst dacht ik dat mijn leven op zijn kop stond. Nee, niet op zijn kop, maar in een nieuwe volgorde. Daardoor gaf ik meer ruimte aan mijn hersens. Ik stond speelser in het leven. Mijn hoofd reageerde soepeler: Jacobus was de man.

Geleidelijk leerde ik weer wat meer op mijn hersens te vertrouwen. Vroeger dacht ik dat mijn vlucht een grote vergissing was. Dat ik mijn vaderland niet had moeten ontvluchten, maar nu kwam ik tot een andere conclusie. De vlucht was geen kwestie van kiezen, maar van doen. Het is een proces dat buiten je om gebeurt. Je kunt het niet sturen. Neem een appel, neem de appelboom, als er een appel rijp is, verlaat hij met de eerste wind de boom. Schuld bestaat niet. Straf is onzin. Het proces bepaalt het. De zon, de maan, de boom, de tak, de aarde komen bij elkaar en beslissen dat ze de appel laten vallen.

Ik mocht gewoon verder gaan. Het proces was nog lang niet beëindigd. Nu stond de machinist in de tuin, precies de man die ik nodig had. Ik moest naar hem toe gaan, naar Jacobus, de machinist.

Jacobus, heb jij René overreden?

Zo'n vraag stelde ik niet. Dat was mijn probleem en had niets met hem te maken.

'Wat doe je als je plotseling een man ziet die zich voor jouw trein gooit?' betrapte ik hem toen hij met zijn rug naar mij toe achter zijn apparaat zat.

Geschrokken keek hij naar mij. Hij wist niet dat ik de zolder op gekomen was.

'Jij als treinmachinist. Stel dat je opeens een man ziet die van achter de bomen naar de rails rent. Wat doe jij op zo'n moment?'

Ik was niet van plan geweest om deze vraag te stellen. Eigenlijk viel de vraag zomaar uit mijn mond. Jacobus waagde een poging om antwoord te geven, maar het lukte hem niet. Hij kon geen woorden vinden. Eigenlijk had hij de vraag via de lucht moeten ontvangen. Ik had ergens achter een apparaat moeten gaan zitten en hem moeten opzoeken. En als ik hem ineens trof, had ik moeten roepen: 'Hallo, hallo. Ben jij het, de machinist? Zeg! Wat doe jij als je je locomotief bestuurt en ineens ziet dat een man zich naar je rails haast om te gaan liggen?'

Ik vond het gemeen van mezelf. Natuurlijk kende ik het antwoord wel. Anneke had het me verteld. Anneke, de ex-vrouw van René.

Ze had het verhaal van de politieagent gehoord die de plek des onheils had bezocht. Hij had met loeiende sirene parallel langs de spoorbaan gereden naar de plek waar het ongeluk had plaatsgevonden. De agent moest de machinist ondervragen. Met Renés verminkte lijk had hij niets te maken. Hij stopte, keek even naar hem. Vervolgens schakelde hij zijn mobilofoon in en op zoek naar de machinist rende hij naar een goederentrein die een kilometer verderop stond. Hij zag dat het portier van de locomotief openstond. Hij bracht zijn verslag uit: 'Hallo... Ik ben het weer. Het portier staat open, maar de machinist is niet in de cabine.'

'Zoek verder!' beval zijn chef. 'Kam de hele omgeving uit.'

De agent ging in de omgeving kijken.

'Niets te bekennen.' zei hij in zijn mobilofoon. 'De machinist is weg.'

'Zoek verder!' herhaalde zijn chef.

Hij zocht overal achter de bosjes, tussen de bomen en langs de rivier.

'Ik zie niemand, geen kip.'

'Ga verder! Volg de spoorweg.'

De agent begon langs de rails te rennen. Hij ging één kilometer verder.

'Geen spoor van de machinist.'

'Ga verder. Als je hem dan nog niet tegenkomt, mag je terugkeren.'

De agent rende nog één kilometer. Toen vond hij een pet.
'De pet van de machinist ligt hier tussen de rails.'
'Zoek verder!'
Enkele honderden meters verderop onderscheidde hij iemand tussen de rails.
'Ik geloof dat ik hem heb. Ik hoor iemand huilen.'
'Laat hem! Laat hem! Ik kom zo,' riep de chef.
Tien minuten later kwam de hoofdagent hard aanrijden. Op een afstandje van de machinist stopte hij de auto. Rustig liep hij naar hem toe en legde zijn hand op zijn schouder.
'Zal ik je naar huis brengen?'
De machinist knikte.
In het verhaal van Anneke kon ik geen aanwijzingen vinden dat Jacobus de machinist was. Eigenlijk had ik moeten vragen of ze iets over de familie van de machinist wist. Bijvoorbeeld:
'Was de man getrouwd?'
'Woonde hij met zijn vrouw?'
'Had hij een zoon?'
'Was zijn vrouw een Hollandse? Of een buitenlandse?'
De vrouw van Jacobus had namelijk een donkere kleur, niet zwart, maar bruin, lichtbruin. Ik wist het van een kleurenfoto. De eerste weken stond de foto nog niet op de schoorsteenmantel, maar daarna wel.

Op een dag zag ik dat er een kleurenfoto stond. Een nieuwe, een recente. Op de foto stonden een buitenlandse vrouw en een jongen van een jaar of vijftien. De jongen had een glimlach op zijn lippen, maar de vrouw keek zorgelijk. Ik voelde het meteen. Zij was de vrouw van Jacobus.

'Jacobus, waar is jouw vrouw?' kon ik gewoon vragen.

'Je maakt dingen moeilijk, Bolfazl,' zei mijn vader altijd.

Ik maakte het niet moeilijk. Het verhaal dat ik eromheen kon weven, dat wond me op.

Ik liep naar de klerenkast. Niet naar die van Jacobus, maar naar een andere, die al maanden in de hoek van de kamer stond.

Ik deed de kast half open. Er hingen vrouwenkleren.
'Bolfazl,' riep Jacobus ineens van de zolder.
'Wat is er?'
'Kom, gauw! Ik trof een Iraniër. Weet ik veel. Een soort Arabier.'
Ik snelde naar de zolder, pakte de koptelefoon en zette hem op.
'Hallo... Hallo. *Salam, salam aleikom. Kodja haasti. Mán dar Holland. Areh. Bolfazl. Aman. Az pa dar amadam az farar.*'
Maar de stem was weg. Ik zette de koptelefoon af.
'Wie was hij?'
'Een landgenoot in de lucht.'
'Wat zei hij?'
'Ik hoorde hem niet goed. Zijn stem was niet zo duidelijk en ineens was hij weg.'

24

Jacobus vulde geleidelijk de lege plek van René op. Het huis was niet meer het lege huis van René, maar Jacobus' huis. René was een goede Hollander. Maar Jacobus was dat niet voor mij. Ook geen buurman. Hij was slechts Jacobus. Met hem kon ik geen vriendschap opbouwen. Ik kon naast hem gaan staan. Urenlang kon ik naast hem zitten. Hij bleef met zijn eigen werk bezig en ik met het mijne. Soms zat hij boven op de zolder en ik beneden achter zijn tafel. Soms ging ik naar zolder en zat hij beneden aan tafel. Hij dronk niet, maar toch gingen we soms samen aan de tafel zitten.

'Jacobus, rij jij op een passagierstrein of op een goederentrein?'
'Op een passagierstrein. Soms op een goederentrein. Hoezo?'
'Is het voor jou belangrijk wie er in die trein zit?'
'Ja, nee, wat bedoel je eigenlijk?'
'Ik bedoel, is het belangrijk voor jou wie er achter je rug zit, op het moment dat je de locomotief start?'

Hij zei niets, staarde me aan. Misschien was het een stomme vraag. Waarom zou het voor een machinist iets uit moeten maken wie er in de wagons zat?

Voor een machinist moeten de rails toch belangrijker zijn dan de passagiers. Wat doet een machinist eigenlijk? Hij hoeft niet te sturen. De trein kan zelf de sporen volgen. Tot een volgend station. Een machinist moet alleen de trein starten. En remmen. Soms remt de machinist te laat.

'Nu een andere vraag, Jacobus.'
'Wat voor een vraag?'

'Is het voor een passagier belangrijk wie er met hem in de trein zit?'

'Weet ik veel,' zei Jacobus.

'Zit je nooit in de passagiersruimte? Gewoon op een bank, bij het raam? Of reis je niet met een trein?'

'Weet ik veel.'

'Maar wat denk jij? Is het voor een Hollandse passagier belangrijk wie er met hem in de trein zit?'

'Weet ik veel.'

'In godsnaam, waarom zeg je alleen "weet ik veel"?'

'Wat moet ik dan zeggen?'

'Je kunt vragen: "Bolfazl, is het voor jou wél belangrijk met wie je in de trein zit?"'

'Oké,' zei hij. 'Is het voor jou wél belangrijk met wie je in de trein zit?'

'Nee, meestal niet,' zei ik. 'Maar ik ben altijd op zoek naar iemand. Ik verwacht dat ik iemand ontmoet in de trein.'

'Wie wil je tegenkomen?' zei Jacobus.

'Weet ik niet. Ik zet mijn spullen ergens op een bank en ga op zoek.'

Hij luisterde niet meer naar mij. Het gesprek interesseerde hem niet.

'Ik kan niet anders,' ging ik verder. 'Van de ene coupé naar de andere.'

'Waarom?'

'Ik ga op zoek naar een oude man. Ik denk dat ik ergens een oude man met een hoed en een wandelstok moet tegenkomen. Een oude man die aan het raam zit en naar buiten kijkt. Eén keer zag ik een hoed op een bank liggen in een van die kleine coupés. Een zwarte hoed op een oranje bank. Ook hing er een wandelstok aan de haak. Maar de oude man was er niet. De coupé was leeg. Ik bleef tot het eind van de rit op de gang wachten, maar de man kwam niet. De hoed lag op de bank en de wandelstok hing er nog steeds toen ik moest uitstappen.'

'Dat kan niet,' zei Jacobus. 'Zo gebeurt het niet. Een hoed en een wandelstok in een lege coupé. Nee, dat kan niet. Dit is fout. Heb je de conducteur gewaarschuwd?'

'Nee, dat heb ik niet gedaan,' zei ik.

'Fout, een stomme fout,' zei hij.

En er viel opnieuw een lange stilte. Terwijl ik nog een vraag had.

'Jacobus, waar blijft je vrouw?'

25

Een reizigster kwam in het donker.
Wat was belangrijker voor mij? De koffer of de vrouw?
De koffer.
Nee, de vrouw.
De koffer, de vrouw en het donker.
Eigenlijk was het haar houding die me intrigeerde. Een vrouw met een koffer in de net gevallen avond in Jacobus' tuin.
Ze zette de koffer in het herfstige gras.
'U moet Mary Rose zijn,' zei ik. 'De vrouw van Jacobus. U bent terug. Bolfazl. Ik ben Bolfazl.'
Ze had geen sleutel. Ik wist het.
'Jacobus had dienst. Uw sleutel is bij mij. Moe. Ik weet het. U bent moe van die lange reis.'
De sleutel had ik in mijn zak. Ik ging het hek over en deed de deur voor haar open.
Ik pakte haar koffer en leidde haar naar binnen.
'U was lang weg.'
Ik trok aan het touwtje dat boven de tafel hing. Het licht ging aan. Nu zag ik haar gezicht. Mary Rose in het licht. Haar haar was grijs. Lang en grijs. Niet helemaal grijs. Ze legde haar handen op haar hoofd. Even bleef ze zo stilstaan. Daarna maakte ze een staartje.
'Mijne vattera wase doode. Mijne grijze haare. Geen verffe gedaan ik.'
Ik begreep haar. Ik begreep haar niet. Ze sprak fout. Fout, maar zangerig, met een zwaar Mexicaans accent.

'Mijne vattera stirfte. Toen ikke in pliegtuig was.'
Ik bood haar een stoel aan. Ze ging zitten. Ikzelf bleef tegenover haar staan. Ze kon me een andere hoek van het wegzijn laten zien.

'Ik begreep wat u zei, maar even opnieuw. Het vliegtuig en uw vader?'
'Ikke zatte in pliegtuig naast raame. Vattera sloote zijn ogen.'
'Waar was uw vader?'
'Thuise. Hij lagge thuise. Mijne gebortehuise.'
'En toen?'
'Toene, ik thuise. Vattera was weg.'
'Weg?'
'Vattera in kista. Men brachtte hem graven in de kerkhofa. Ikke rende naar mijne vattera grafe. Maar de kiste was dichte, spijker gedaan.'
'Gecondoleerd, Mary Rose.'

Ze legde haar koffer op tafel, opende die en gaf me een ingelijste foto. Een foto van een oude man met een wandelstok die onder een oude boom in een stoel zat. De boom wierp een schaduw op zijn gezicht. Hij keek naar de horizon. Alsof iemand in de verte zijn aandacht trok. Alsof iemand uit de horizon zou opdoemen, maar toch kwam er niemand.

'Wat deed uw vader?'
'Maakte, vroeger, grote boote, schippe voor Mexicaanse water.'

Ik wist dat ze moe was, maar precies op het moment dat ze van haar lange reis thuis aangekomen was, wilde ik mijn vragen stellen. Op het moment dat haar geheugen naar de bladeren van die oude boom rook, waaronder haar vader zat. Juist op het moment dat haar handen en haar knieën nog de geur van de grond van het graf hadden. Op dat moment was ze nog niet genoeg gearriveerd. Straks, als Jacobus binnenkwam, veranderde ze van Mary Rose de reizigster in Mary de vrouw van Jacobus.

'Hoe leerde u Jacobus kennen? U een Mexicaanse en Jacobus een Hollandse treinmachinist.'

'Jacobus kwam in mijn dorp. Ikke hem ontmoette in bosse. Mijne vattera zei: "Mijne Mary Rose niet met hem gaan." Ikke zei: "Vattera, ditte is mijn lotte. Laat me met die machinist gaan. Ikke stuur briefe uit Hollanda. Als de machinist geen goede man is, kom je dan je Mary Rose naar huise brenge." Mijn vattera kuste mijne hare, zette mijne hande in Jacobus hande. Ikke kwam naar Hollanda. Ikke kreeg een zoone. Mariosa.'

'Waar is Mariosa?'

'Mariosa slaapt weekeinden in mijn vattera kamera.'

'In Mexico?'

'Pilota schola. Twee pasporta heeft Mariosa. Hij pilota wil worden. Een grote pliegtuige sturen. Vattera is dood. Hij niet meer kan met Mariosa in de grote pliegtuige naar Mary Rose in Hollanda.'

Ik had specifieke vragen over haar vader. Over die stoel waarop hij zat. Over de richting waar hij zo aandachtig naar keek. En over het huis waarvan een stukje op de achtergrond van de foto zichtbaar was. Maar Mary Rose was moe.

'Krijg ikke een koppe koffie van jou?' zei ze.

'O, een kop koffie. U hebt gelijk. U bent moe? Hebt u wat gegeten, Mary Rose?'

Ik snelde naar huis, pakte een bord en nam mijn deel van het eten mee voor Mary Rose.

Voor haar dekte ik de tafel, een bord eten en een kop koffie. Daarna zette ik een stoel neer voor mezelf en ging tegenover haar zitten en keek naar haar.

Ze at, in gedachten verzonken.

Toen ze haar koffie opdronk, haalde ze een pakje sigaretten tevoorschijn. Haar ogen zochten een asbak. Ik zette een asbak voor haar neer. Jacobus rookte niet. Ik wel. Af en toe een sigaar.

'Een sigaar voor jou,' zei Mary Rose en haalde een halfvolle Mexicaanse sigarendoos uit haar koffer tevoorschijn.

'Voor mij?'

'Jacobus zei door telefoon. Jou sigaren rookte in de tuin. Mijn vattera niet meer konde roken.'

Ik zei niets, keek slechts naar haar, naar haar grijze haar dat ze waarschijnlijk de volgende dag zou gaan verven. Ik pakte een van de sigaren en stak hem op.

'Wanneer komt Jacobus?' zei ze.

'Rond deze tijd moet hij komen, geloof ik.'

De hele avond zat ik tegenover Mary Rose. Zij vertelde haar verhaal tot Jacobus kwam.

De volgende dag stond er een verse Mary Rose in de tuin. Haar haar was niet meer grijs, maar roodbruin.

Mijn vrouw wilde geen contact met haar. 'Mijn Nederlands gaat achteruit als ik met haar praat,' zei ze.

Hoe kon Mary Rose beter Nederlands leren praten als haar man altijd achter het raam van een locomotief stond? Of achter zijn zender ging zitten? Of met zijn klusjes bezig was? Hij sprak kort tegen haar en gebruikte afgebroken, simpele zinnetjes.

'Ik boven, Mary.'

'Ik werken, Mary.'

'Ik slapen, Mary.'

'Antenne kapot, Mary.'

'Ik bij mijn moeder eten, Mary.'

En zij sprak Mexicaans tegen hem.

Maar wij praatten uitvoerig in het Nederlands met elkaar. Een soort apart Nederlands dat alleen wij met z'n tweeën konden begrijpen.

Toen Mary Rose kwam, had ik niets meer met Jacobus. Hij ging naar boven en ik zat met haar in de woonkamer. Op avonden dat hij laat thuiskwam, openden we een fles. We schonken elkaars glazen in en praatten door. Nu wist ik precies waar haar geboortedorp lag. Waar het bos lag en hoe slim hun vossen waren. En hoe de oude kraaien van een tak vielen als het hun tijd was. Hoe haar vader op haar moeder viel. En waarom haar moeder jong stierf. Ik wist, ik wist hoe haar Mexicaanse God alles bepaalde en hoe men zich zou moeten overgeven aan zijn wil. Nu wist ik dat er uiteindelijk een dag zou komen dat Jacobus niet meer naar de spoorwegen zou hoeven te gaan. Dan zou hij zijn antenne inpakken en naar Mexico, naar haar dorp verhuizen. Ik begreep dat als haar Mexicaanse God het wilde, Mariosa een groot piloot zou worden. Hij zou op een dag met een groot vliegtuig boven haar dorp vliegen. Dan zouden Mary Rose en Jacobus schreeuwend naar hem zwaaien. Maar nu zou zij gewoon moeten afwachten terwijl Jacobus nog jaren naar de rails ging en nog jaren naar de mannen in de lucht zocht.

26

De klok die in onze woonkamer hing, liep onophoudelijk door. En de tijd veranderde me. In mijn vaderland was mijn leven gepland. Alles werd bepaald door een ondergrondse partij waar ik bij hoorde. Ik moest me altijd aanpassen aan de bevelen die van boven kwamen. Ik moest gehoorzaam zijn tot we het doel van de partij zouden bereiken. Toch bereikten we niets. Velen werden gedood. Enkelen konden ontsnappen. Eenmaal in Nederland wilde ik mezelf zijn. Weg met al die bevelen. Ik wilde alleen een discipline accepteren, die ik zelf dicteerde. Met het andere woord wilde ik slechts de vlucht gehoorzamen.

Alles achterlaten was pijnlijk, maar het was niet alleen de pijn. Ik had geleerd om mijn leven zijn gang te laten gaan. Er was eens een vaderlijk huis. Nu was dat niet meer zo. Het was er gewoon niet meer.

Er was eens een René. Nu bestond hij niet meer. Eens kwam mijn moeder met een koffer en ik wist niet in welke richting Mekka lag. De haan was verdwenen, maar dat was geen probleem. Zelfs als het zwaarbewolkt was kon ik wel aanwijzen waar een moslim zich naar zou moeten richten als hij zou willen bidden. Maar dat hoefde allemaal niet meer. Ik had geen vader meer en mijn moeder kon ook niet meer vliegen. Maar ik liet mijn leven zijn gang gaan. Ik wist dat het nu de tijd van een vliegtuig was. Een vliegtuig dat eens zou moeten komen.

Mary Rose bad voor me. Ze had haar Mexicaanse God gevraagd om me onder zijn hoede te nemen. Maar voor haar God me onder zijn hoede zou kunnen nemen, wilde ik het vluchten tot zijn bittere eind ervaren.

Het vluchten was niets anders dan teruggaan naar de plek waarvandaan je weggevlucht was. Je vlucht eigenlijk nooit weg, je keert constant terug. Weggaan bestaat niet. Teruggaan wel. Je vliegt weg, je vliegt hoog, maar je valt weer op de plek waar je opgestegen bent. Maar hoewel het de wet van de vlucht was, wilde ik niet op dezelfde plek vallen. Ik wilde verder groeien. Ik had de kans gekregen om een nieuw volk te ontmoeten. De mannen en de vrouwen van dit volk waren niet alleen René, Jacobus en Mary Rose. Ik wist dat ik nog meer mannen, nog meer vrouwen zou ontmoeten die zeker anders waren dan anderen.

In de spiegel zag ik inecns een paar grijze haren bij mijn slaap. Nee, de seizoenen konden niet stil blijven staan. Ze kwamen aan en ze snelden voorbij. De Hollandse wolken begonnen opnieuw dicht bij elkaar te staan van de kou. Opnieuw rookten de schoorstenen. Voordat de Mexicaanse God iets voor Mary Rose verzonnen had, trok ze haar lange jas aan, deed haar Mexicaanse sjaal om en kwam in de tuin en riep: 'Bolfazl, ga je mee?'

Ik deed mijn jas aan, pakte mijn fiets en ging met haar een bezoek brengen aan de oude moeder van Jacobus.

Op de dijk waaide het hard, maar dat gaf niets. Ik moest gewoon achter Mary Rose fietsen.

Aan het eind van de dijk kwam de boerderij in zicht. Vanuit de verte zag het eruit als een kabouterhuisje.

Voor het huis liep de dijk, achter de dijk stroomde zachtjes de rivier.

Vaak had ik langs deze boerderij gefietst. Ook kende ik de oude vrouw. Iedere keer zag ik haar achter het raam in een stoel. Fietsend zwaaide ik naar haar. Ik keek haar niet aan, wist niet of zij terugzwaaide.

Het huisje trok me altijd. Misschien omdat de vrouw achter het raam zat. Misschien omdat de gordijnen half opzij geschoven waren. Of misschien toch de rook, de rook van die schoorsteen trok me daar naartoe. De rook die de schoorsteenmantel verliet, even verdwaalde en toen verdween.

'Die kant op,' riep Mary Rose.

Met de fiets aan de hand volgde ik haar langs de zijweg naar beneden. Een felgekleurde haan sprong op een hek en kraaide: 'Gevaar! Gevaar! Een vreemde betreedt het erf!'

Ik zette mijn fiets tegen de stam van een boom die voor de boerderij stond. De oude vrouw verscheen op de veranda. Ach, de vrouw. Voor het eerst zag ik haar zonder raam tussen ons. Waar wist ik niet, maar ik dacht dat ik haar ooit ergens anders had ontmoet.

'Dag mevrouw! Bolfazl. Ik ben Bolfazl.'

Op het moment dat ik haar hand drukte, viel mijn blik ineens op de houtblokken die in de hoek van de veranda op een hoop waren gegooid.

'Komt u binnen, meneer!' riep de oude vrouw.

Ik bleef even voor de houtblokken staan.

'Komme binnen! Buite isse koude.'

Ik ging naar binnen. De kachel brandde. De thee stond klaar op de kachel. De warmte van de woonkamer rook naar droge pruimen. Op de schoorsteenmantel stonden enkele zwartwitfoto's van oude mannen met een hoed.

'Gaat u zitten, meneer!' zei de oude vrouw.

Mijn jas hing ik aan de oude kapstok. Ik liep naar het raam, schoof de gordijnen opzij en ging zitten.

'Bolfazl ook thee,' hoorde ik Mary Rose zeggen.

Voor eeuwig wilde ik daar zitten, naar buiten kijken en wachten.

Een fietser trapte tegen de wind naar het einde van de dijk.

'Nee, voor Bolfazl geene sugera,' hoorde ik Mary Rose zeggen.

De oude vrouw overhandigde me een kop thee en zei: 'Spreekt u eens Nederlands?'

Ik ken die stem, dacht ik.

'Praate haarde,' riep Mary Rose. 'Zij hore geen goede.'

Ik had niets te zeggen, wilde alleen zitten en kijken.

'Hij praate goede dan ikke Nederlands,' zei ze hardop tegen haar.

De houtblokken vlamden even blauw, donkerblauw, rood en ineens spoot er een wolkje rook naar buiten.

'Goede hemel,' zei de oude vrouw.

Ze opende het deurtje van de kachel en schepte de as in een emmer.

'Nu brandt hij beter,' zei ze en stopte er een houtblok in.

Op de eettafel die van oude eiken was, lag een versleten Perzisch tapijt.

'Hoe komt u aan dit oude tapijt, mevrouw?'

Ze reageerde niet, luisterde naar Mary Rose die het over haar dorp had.

Er stond een bed in de hoek. De trap naar boven intrigeerde me. Op de treden lag een dikke laag stof.

'De trap,' zei ik hardop. 'Boven, de kamers. Mag ik even rondkijken?'

'Wat zegt de meneer?' zei de vrouw.

'Moge Bolfazl bove kijke?'

'Ja, kijken,' knikte ze.

Aarzelend bleef ik even voor de trap staan. Het laagje stof wilde ik niet verstoren. Voorzichtig zette ik mijn linkervoet op de eerste tree. Toen ging ik behoedzaam naar boven. Het was lang, lang, lang geleden dat ik als kleine jongen de trap van de studeerkamer van mijn grootvader opklom. Als hij boven was, mocht er niemand naar boven. Stilletjes ging ik achter de deur staan. Ik rook zijn sigaar. Zachtjes opende ik de deur en stak mijn hoofd naar binnen: een bruine schrijftafel, een boekenkast, oud papier, een wandelstok, een klerenkast, een stoel, een lege plek en een raam.

Ik ging de kamer binnen, boog me en keek door het raam naar buiten. De fietser was op de terugweg en de IJssel stroomde zachtjes door.

27

Wat betekende Mary Rose voor me?
De hoop? De rust? De vrouw? Een vrouw bij wie ik, als ik wilde, mijn hoofd op de schoot kon leggen? Of was ze een personage in het verhaal van mijn ballingschap? Een personage dat tevoorschijn kwam totdat ik de veranderingen makkelijker zou kunnen ondergaan. De gedaanteverwisseling van een oude Bolfazl in een nieuwe.

Mary Rose kwam om mijn hand vast te houden op het moment dat ik alleen stond tegen de tijd.

Ballingschap heeft haar eigen tijd. De maan wordt gauw oud. En een jonge maan verrijst onmiddellijk uit de as van de oude. Het donkere haar vergrijst snel en de meisjes groeien ineens op tot jonge vrouw.

Het verleden blijft stil en takelt af, maar jij niet. Wie thuisblijft, ziet dat altijd dezelfde oude kraai in zijn boom komt zitten, maar wie vlucht, krijgt een groot passagiersvliegtuig in zicht.

Het was niet voor niets dat de ladder van Mary Rose altijd tegen de muur van de schuur klaarstond. Als we een extra glas dronken, smolt onze twijfel. We wisten dat het vliegtuig op een nacht zou komen. Op een nacht dat de maan met al haar kracht in de lucht hing. Toch was het niet toevallig dat we de gordijnen opzijschoven bij volle maan. De afspraak was duidelijk. Op het moment dat Mary Rose het vliegtuig van de sterren kon onderscheiden, zou ze zich naar de tuin haasten en me hard roepen: 'Bolfazl! Het vliegtuig!'

Daarna zou ik halsoverkop naar beneden rennen. Dan zou ik over het hek springen en de ladder vasthouden zodat Mary Rose het dak op zou kunnen klimmen. Vervolgens zou ik zelf naar boven gaan. Dan zouden we met z'n tweeën hard roepen: 'Ahaai Mariosa! Ahoi Mariosa!'

Afspraak was afspraak. Mary Rose zou haar zoon vragen: 'Vliege jongen, naar Bolfazls huis. Zijne moedere isse alleene wachtte.'

Dan zouden we naar mijn geboortedorp vliegen. Vervolgens zou Mariosa met dat grote vliegtuig één, twee, drie keer boven mijn dorp vliegen. Mijn moeder zou zeker niet weten wie in het vliegtuig zat. Maar Mariosa zou precies boven ons huis blijven vliegen, zodat mijn moeder haar hoofd uit het raam zou steken en zou kijken. Dan zou ik de jurk die ik voor haar gekocht had naar beneden gooien. En ik zou zwaaien en hard roepen: 'Dag moeder! Daaaag.'

Lang had ik geen brief van mijn moeder ontvangen. Geen woord uit mijn vaderland. In het begin krijg je een brief van iedereen. Van je moeder, je zusters, je broer. Ook van nichtjes, neefjes, vrienden en ex-medewerkers. Iedereen mist je. Jij mist ook iedereen. Ze schrijven dat je onmisbaar bent. Dat je een lege plek achtergelaten hebt. En jij schrijft dat je aan hen denkt. Dat je over hen droomt. Ze schrijven dat ze op de dag wachten waarop je terugkomt. Je schrijft: 'Ik kom terug. Zonder meer. Zonder twijfel.' Je benadrukt dat je niet hier dood wil gaan. 'Thuis, thuis wil ik begraven worden.'

Ze vragen een recente foto van je. Je stuurt een foto waarop je in de achtertuin staat. Naarmate de tijd verstrijkt, worden de brieven minder. Je bent lang uit het oog. Dus je krijgt geen brief meer.

Vroeger ging ik achter het raam staan en wachtte ik op de

postbode. Ik keek naar de klok tot hij kwam. Hij wist dat ik op hem wachtte. Hij trok een paar brieven uit de stapel die een andere kleur hadden dan de andere. En ik snelde naar de deur.

Geleidelijk verloor de postbode zijn belangrijke positie in mijn leven. Hij speelde geen rol meer tussen mijn heden en verleden. Hij gooide de acceptgiro en gemeentelijke brieven naar binnen en ging weg.

Op een ochtend toen ik geen brief verwachtte, zag ik de postbode met zijn fiets aan de hand aankomen. Hij zette hem op de standaard en haalde een ansichtkaart tussen de brieven tevoorschijn. Een ansichtkaart met lentebloemen.

'Je bent veertig,' stond er op de kaart. 'Gefeliciteerd. Miranda.'

Veertig? Was ik veertig? Was ik jarig? Ik wist het niet. Volgens onze eigen jaartelling was ik in 1333 geboren. Dus klopte dat niet.

De mannen van mijn familie hoefden niet te weten hoe oud ze waren.

Wie zou Miranda kunnen zijn? Miranda uit Groningen.

O, René, René had het altijd over zijn Miranda. De ex-vrouw van René had het een keer over haar Miranda. De dochter van René had me een ansichtkaart gestuurd. René wist het. Hij had mijn geboortedatum juist of onjuist in zijn agenda genoteerd. Dus Mietra zocht contact met mij. Ze had haar adres opgeschreven. Ook haar telefoonnummer.

Voor het eerst ontving een man van mijn familie een ansichtkaart van een vrouw met haar telefoonnummer.

Dus pakte ik mijn hoed en nam de trein naar Groningen.

In Groningen hoefde ik niet lang te zoeken. Iedereen wist waar die hoge flat stond. Onaangekondigd ging ik naar haar toe. Een getuige maakt geen afspraak. Afspraken maken past niet bij het vluchten. Je belt mensen niet op de vlucht, maar je komt ze tegen. En dit verandert de vlucht van iets onaangenaams in iets interessants.

Het was vier over tien in de morgen. Ik drukte op de deurbel.
'Wie is er?' klonk een vrouwelijke stem.
Even twijfelde ik. Het was te vroeg om een bezoek te brengen bij een onbekende.
'Goedemorgen. Ik ben het. Bolfazl.'
'Bolfazl? O, Bolfazl,' zei ze. Toen viel er even een stilte. 'Komt u binnen,' riep ze daarna.
Ik wilde liever om vijf voor negen, om vier voor acht of om zestien over zeven op haar deur kloppen. Precies op het moment dat ze nog in bed lag.
Van haar had ik slechts één beeld: zij, Mietra, gaf een donkerblauwe pruim aan mijn moeder.
Nee, zij gaf hem niet, ze liet de pruim bijna vallen in haar handpalm.

Bij de zeventiende verdieping stapte ik uit de lift in een lege gang met gesloten deuren. Voor deur nummer 94 miste ik een spiegel. Ik wilde kijken hoe een man van ons huis eruitzag op het moment dat hij op een vroege ochtend aan de deur van een Hollandse vrouw wilde kloppen. Voor ik op de deur kon kloppen, ging hij open. Een jonge, rijpe vrouw verscheen in de deuropening.
Ineens viel mijn blik op een rij knoopjes van haar blouse. De knoopjes die bij het kuiltje onderaan haar hals begonnen en verder tot tussen haar borsten gingen. Een golf warm bloed stroomde wild door mijn aders.
'Goedemorgen,' zei ik aarzelend. 'Eigenlijk wilde ik eerst bellen, een afspraak maken, maar...'
'Komt u binnen,' zei ze.
De stem was van een vrouw. Zij was geen Mietra meer.
Ik ging naar binnen en liep naar het raam dat uitzicht op een bos bood. In de verte verliet een goederentrein het station. Hij reed denderend recht op de flat af. Ach, de treinen waren gestopt. En ik wist het niet.

Hard, verschrikkelijk hard reden de treinen in mijn dromen. Ze kwamen met z'n allen aan en bezorgden mij nachtmerries.
Maar ik kwam er ineens achter dat ze er niet waren.
Wanneer had de laatste trein me verlaten?
Was het soms toen Mary Rose van haar reis terugkwam?
Of was het misschien precies op het moment dat ze zich voor de spiegel van haar klerenkast omkleedde en ik naar haar keek dat de laatste trein vertrok?
Onaangekondigd waren de treinen weggegaan. Nu glimlachte René.
'Een René die lachte kende ik niet,' zei ik en wees naar de foto die op de schoorsteenmantel stond.
'Nee?' zei Miranda.
'Nee,' zei ik.
'Je hebt hem in zijn slechte jaren ontmoet,' zei ze. 'Hij was altijd vrolijk. Een goede vader.'
Ik keek naar haar.
'Ik meen het,' zei ze. 'Hij was een goede vader voor mij.'
'En ineens braken die slechte jaren aan?' zei ik.
'Ik weet het niet. Ik snap het niet. Ik was een klein meisje, begreep niet wat er aan de hand was.'
'Je zag ineens dat je moeder ging en Moka Moka kwam.'
'Moka Moka? Wie is Moka Moka?'
'O, neem me niet kwalijk. Ik heb het over die vriend van je vader. De kleine man die een poosje bij jullie woonde.'
'O, die.'
Verder wist ik niet wat ik moest zeggen. Ik vergat waar ik het over had. Ik dacht dat ze straks zou vragen wat ik op die vroege ochtend in Groningen moest. Eerst wilde ik een smoesje bedenken.
'Toevallig, het was toevallig dat ik bij jou op bezoek kwam. Vannacht logeerde ik bij een vriend hier, ergens in de buurt. Ik wilde terug naar huis. Ineens schoot me te binnen: o, ik kan ook een bezoek brengen aan Miranda.'

Nee, ik loog niet. Ik zocht haar niet. Feitelijk wilde ik haar niet zoeken. Ik was een vader, maar goed, de vader van een gebroken gezin. Ik had haar alleen in mijn gedachten bewaard. Net als dat meisje van mijn jeugd. Dat meisje was in mijn verleden gebleven. Ik had haar geen brief gestuurd. Zij mij ook niet. Het kon niet. Dat paste niet bij de gewoontes van mijn vaderland. Onderweg vroeg ik me af waarom Miranda me een ansichtkaart had gestuurd. Misschien wilde ze een gesprek tot stand brengen, een ontmoeting die vier, vijf jaar geleden had moeten plaatsvinden. Ik moest gewoon reageren op haar initiatief.

'Zal ik je een kop koffie inschenken?' vroeg ze.

'Ja, een kop koffie,' zei ik en wilde er iets anders aan toevoegen, maar ze liep al naar de keuken.

De deur van haar slaapkamer stond op een kier. Haar bed was nog niet opgemaakt. Zo'n onopgemaakt bed van een Hollandse vrouw had ik nog nooit gezien. Een foto van haar moeder, Anneke, stond op het nachtkastje.

'Hoe is het met je moeder?' zei ik en liep naar de keuken.

'Soms goed. Soms niet goed.'

'Hoezo niet goed?'

'Ik bedoel dat het gaat.'

'Waar woont ze?'

'Hier in de stad.'

'O, in Groningen? Wat doet ze hier?'

'Eigenlijk niets.'

'Woont ze alleen?'

'Nee, nu niet meer. Momenteel woont er een andere man bij haar. Een goede geloof ik.'

'Hoezo een goede?'

'Een paar keer heb ik hem gezien. Eigenlijk ken ik hem niet, maar mijn moeder zei dat hij een goede was. Dat hij haar een beetje rust gaf.'

Ineens keerde ze zich naar me toe.

'Ik verbaas me,' zei ze. 'Hoe heb jij Nederlands geleerd? Je bent ongelooflijk vooruitgegaan.'

Mijn blik viel duidelijk op haar knoopjes. Zo duidelijk dat ze haar rechterhand op haar borst legde. Mijn hart waarschuwde me dat ik weg moest. Ik waagde een poging om uit te leggen hoe serieus ik met de taal bezig was, maar het aantal knoopjes dat tussen haar borsten liep, ontbond alle Nederlandse zinnetjes die ik maakte. Ik draaide mijn gezicht weg. Onhandig begon ik over René te praten, maar hij was al weg uit mijn geheugen.

'Wat doe je momenteel?' zei ik. 'Heb je je school af?'

'Nee, ik kon de school niet afmaken.'

'Wat doe je dan?'

'Niets. Af en toe een tijdelijk baantje.'

Ze overhandigde me een kop koffie. Haar zachte hand raakte mijn vingers. Warmte kwam in beweging in mijn lichaam. Ze was Mietra niet meer, maar een geheim hoekje van mijn vlucht dat met zeven knopen was verzegeld.

Wat nu? Haar de rug toekeren? Of de zegels verbreken?

'Openen! Openen! Verbreken!'

'Nee, nee, niet openen, niet verbreken.'

28

Ik moest nog iemand bezoeken. De nieuwe man in het leven van de ex-vrouw van René. Miranda had me nieuwsgierig gemaakt.

's Avonds laat verliet ik Miranda's woning met een adres in mijn hand. Ik liep richting centrum, op zoek naar Annekes huis.

Door smalle straatjes, tussen de kleine huizen zocht ik naar het huisnummer. Overal liepen dronken mannen. Ik was niet dronken, maar ik had mijn benen niet helemaal onder controle.

Ergens in een donker straatje vond ik het huis. De gordijnen waren dichtgetrokken, maar er brandde een lichtje binnen. Voor de deur twijfelde ik even of ik zou kloppen. Ik luisterde of er binnen iemand wakker was. Het was stil. Voorzichtig klopte ik op de deur. Niemand reageerde. Ik wachtte even, daarna klopte ik opnieuw. Nee, niemand reageerde. Ik tikte op het raam. Het gordijn bewoog. Het gezicht van een vrouw verscheen. Zij keek naar mij. Ik tilde mijn hoed op en zwaaide aarzelend. Het gordijn werd weer dichtgetrokken. Het duurde even, toen riep de vrouw van achter de deur: 'Wie is er?'

'Ik. Bolfazl.'

'Bolfazl? Wie is Bolfazl?'

'Renés buurman. Ex-buurman.'

'O, Bolfazl.'

De deur ging open.

'Een goedenacht,' zei ik.

'Wat doet Bolfazl midden in de nacht voor mijn deur?' Een golf alcohol walmde me tegemoet.

Ik liet haar adres in het handschrift van Miranda zien.

'Miranda zei dat ik hier langs mocht komen. Ze belde een paar keer, maar u was niet thuis. Toch gokte ik en kwam langs.'

'Ik was de hele avond thuis,' zei ze aangeschoten. 'Mijn telefoon is stuk. De kat liet de hoorn op de grond vallen. Kom binnen. Je was dus bij Miranda op bezoek.'

'Ja, ik was bij haar.'

'Kom verder. Leuk, je bent welkom.'

Ik ging naar binnen.

'Trek je jas uit.'

Het was een oud, klein, rommelig huisje. Het lichtje dat brandde gaf alle spullen een lange schaduw. Aan de muren hingen foto's. Ik zocht naar een foto van René, omdat ik vermoedde dat die ergens zou moeten staan. Juist. Een kleurenfoto van hem hing boven de kachel in het donker. Zijn gezicht kon ik niet goed onderscheiden. Ik ging hem van dichtbij bekijken.

Zijn gezicht was vaag geworden onder een laag stof. Hij zat onder de pruimenboom, die jonger was dan die ik kende. Hij was groen, eens groen en langzaam grijs en toen bestond hij niet meer.

'Leuk. Ik meen het, leuk dat je langskomt,' zei Anneke. 'Het is totaal onverwachts voor me. Hang je jas maar ergens weg.'

'U hebt gelijk. Het was onverwachts. Eigenlijk wilde ik jullie opnieuw ontmoeten. Hoe moet ik het uitleggen. Ik wilde als het ware controleren wat ik in de laatste jaren gezien heb. Zeg ik het goed? Ik vergelijk mezelf met iemand die uit een lange slaap, een slaap van vijf, zes, zeven jaar wakker is geworden. Zodra ik de Nederlandse taal een beetje onder de knie kreeg, voelde ik dat ik jullie opnieuw moest ontmoeten.'

Ze luisterde niet naar mij. Ze was aangeschoten, kon mijn woorden niet helemaal volgen.

'Ga zitten,' zei ze. 'Wat wil je drinken?'

'Drinken? Ik drink niet zoveel, maar vanavond heb ik meer gedronken dan normaal. Ik wilde gewoon even hier langskomen. Daarna wilde ik de laatste trein nemen, maar ik geloof dat de laatste trein allang weg is.'

'Waar moet je naartoe?'

'Naar huis.'

'O, je kunt altijd nog naar huis. Neem de trein van morgenochtend.'

'Goed idee. Oké, ik drink. Vanavond mag ik alles. De fles mag leeg. Als de dag aanbreekt zal ik de eerste trein nemen.'

Er hingen schilderijen aan de muren. Op een doek was een reiskoffer geschilderd, maar ik begreep niet of hij van iemand was die van een reis terugkwam of van iemand die een lange reis wilde maken. Op een ander doek waaide het hard. De wind had een paar kledingstukken meegenomen. Er lagen er ook een paar op de grond. Het was alsof de wind was vergeten de rest mee te nemen. Of misschien kwam het door het schaarse licht dat ik het schilderij anders zag dan de schilder bedoelde. Het leek alsof de schilder halverwege was opgehouden om met een ander schilderij te beginnen. Of misschien was hij ook net als René het thema vergeten.

'Van wie zijn die schilderijen?'

'Ze zijn niet van mij, maar van Henk.'

'Henk?'

'Henk van der Horst. Hij woont sinds afgelopen winter bij mij.'

'Van Miranda hoorde ik dat je een nieuwe verhouding, hoe zeg je dat, een nieuwe partner, een vriend, ik bedoel dat je weer samenwoonde. Zeg ik het goed?'

'Ja hoor,' zei ze. 'En ik ben blij met hem.'

Zij overhandigde me een glas jenever.

'Wat is het? Een jonge of een oude? Het verschil tussen die twee zal ik nooit begrijpen.'

'Oude, Henk houdt van oude,' zei ze. 'Wat doe je tegenwoordig?'

'Wat ik doe? Ik werk in het depot van de gemeente, ben bezig met oude archieven.'
'Vind je dat leuk?'
'Leuk? Ik weet het niet. Maar het is rustig. Er komt haast niemand langs. De hele dag zit ik in mijn eentje daar. Het is een goede gelegenheid voor me om mijn verleden op een rijtje te zetten. Tussendoor leer ik Hollandse poëzie uit het hoofd.'
'Wat zei je? Wat leer je?'
'Nee, niets, laat maar.'
Er werd geklopt. Niet geklopt, de deur ging open. Een man kwam binnen. Een man van rond de veertig met zo'n half professorenbaardje. Een schildersdoek onder zijn arm.
'Henk. We hebben bezoek. Dit is Bolfazl. De vriend en buurman van René.'
'O, die Bolfazl.'
Hij zette zijn doek ergens in het donker tegen de muur en stak zijn hand naar mij uit.
Anneke overhandigde hem een glaasje. Daarna ging ze zitten, legde haar voeten op tafel en deed de tv aan.
Hij schonk zijn glas en het mijne in.
'Dus jij bent de Bolfazl waar René het altijd over had,' zei hij en hief zijn glas. Ik voelde me daar thuis. Hij was geen vreemde voor me. Hij wist veel dingen van mij. De dingen, de gebeurtenissen die ik vergeten was. Niet vergeten, maar op dat moment was het onverwachts voor me dat ik verhalen van mijn eigen leven uit zijn mond hoorde. Hij kende het verhaal van mijn moeder en de verhalen die ik aan René verteld had. Hij wist dat ik wekenlang voor de boeren langs de IJssel gewerkt had. En het verhaal van de mannen van ons huis en de trein, de treinen. Maar hij wist niets over het verhaal van de fles en de reis van de lege flessen.
Ik vertelde hem nieuwe verhalen en we dronken samen de oude jenever, net zolang tot ik niet meer op mijn benen kon staan.
Ineens brandden twee ogen als juwelen in het donkere hoekje

van de kamer. Ik kon het niet duidelijk zien, dacht dat de kat op een verhoging in het donker stond. Ik zette een stap naar voren en keek aandachtig. Er hing een kooi aan het plafond. Een vogel wapperde en riep: 'Ooi, ooi, ooid, ooid.'

Dronken riep ik: '*Marg, marg. Toeti marg.*'

'Wat zeg je allemaal?' zei Henk verbaasd.

'Ooi, ooi. Ooid, ooid,' riep de papegaai weer.

'Slapen!' riep Henk. 'Slaap!'

Anneke was voor de tv in slaap gevallen.

'Wat een gastvrijheid,' riep Henk. 'Slaap je, Anneke?'

De papegaai staarde even naar mij, toen doofden de juwelen in het donker.

'Is die van jou?' zei hij en wees naar mijn hoed die aan het puntje van de leuning van de stoel hing.

'Ja, die is van mij.'

'Zet hem op en ga zitten. Vind je het erg als ik een portret van je maak?'

Ik verzette me niet. Het was de vlucht. Ik, Bolfazl, was een verlengstuk van de ballingschap. Nu zou iemand mij aan het doek toevertrouwen.

Ik ging op de stoel zitten. Hij plaatste een wit doek.

Rivieren zijn getuigen

Rivieren zijn getuigen in mijn vaderland. Ze verbloemen niets. Ze komen uit de hoge bergen. Soms zingen ze. Soms schreeuwen ze, soms huilen ze stil met ons mee.

Soms zijn ze lief, soms boos, soms brengen ze bloemen mee. Soms een lijk.

Rivieren zijn rivieren of ze nu hier stromen of in mijn vaderland.

Als ik hier langs de IJssel wandel, verwacht ik dat de rivier iets meevoert en dat zij me iets onverwachts zal laten zien.

Rivieren kunnen soms iets creëren. Iets vormgeven of iets ontcijferen.

In mijn vaderland voeren de rivieren vaak een lijk mee. Soms slaan ze het lijk hard tegen de rotsen als iets onreins. Ze spugen het op de oever en stromen verlost door.

Soms brengt een rivier een heel ander soort lijk mee. Je ziet dat de stroom het lijk in haar armen wiegt. Je hoort dat de rivier zelf huilt, je ziet dat zij zich als een getuige gedraagt. Zij slaat het lijk niet tegen de rotsen. Zij laat het lijk niet langs de oever achter. Zij draagt het een lange weg in haar armen mee en laat het iedereen zien. Daarna voert zij het mee naar de zee, naar de oceaan.

Zo stromen de rivieren in mijn vaderland. En zo stromen ze in mijn hoofd.

In mijn vaderland zijn de rivieren met het volk verbonden. Zij vervullen een belangrijke plaats in het leven van mensen. Ze zijn betrouwbaar. Ze verraden niemand. Zij luisteren naar de mensen en nemen hun geheimen mee.

Soms zie je 's avonds laat een vrouw, een vrouw die gehuld in een chador stiekem naar de rivier loopt. Op de verlaten oever begint ze te praten, ze huilt en praat. Zij huilt en vertelt de rivier wat er aan de hand is, ze vertelt haar geheimen. Bevrijd van haar zorgen keert ze later stilletjes naar huis terug.

Soms helpt huilen niet meer. De vrouw waadt in het donker naar het midden van de rivier en geeft zich aan de wilde golven over.

In de gedachten van mijn landgenoten stroomt een rivier en de rivier voert het lijk van een man mee. De man heeft z'n bril op en houdt een tas vol verboden literatuur nog in zijn hand.

Het is Samad Behrangi, een partizaan zonder geweer maar mét verhalen.

In mijn herinnering stroomt de Sefiedgani, de rivier van mijn kindertijd.

De Sefiedgani stroomde langs mijn ouderlijk huis. Een houten brug verbond onze wijk met de druiventuinen, een eenvoudige brug, waar de koeien niet overheen durfden.

Wij speelden altijd aan de andere kant van de rivier op de paden van de druiventuinen. We zochten vaak slangen door hun sporen te volgen. Als we de slangenholen gevonden hadden, staken we er stokken in.

Voor mij blijven rivieren en slangen met elkaar verbonden. Een associatie die steeds terugkomt.

Als het warm was, zag je een groep oude, kleurige slangen die ritselend via een tuinpad naar de rivier kropen om zich te verfrissen. Ze wachtten even bij de oever, keken naar rechts, dan naar links en als er niemand was, schoven ze met z'n allen de rivier in. Ze lieten zich eerst met de wilde golven meevoeren, daarna zwommen ze tegen de stroom in en kropen weer de oever op, terug naar de druivenvelden.

Als ik hier langs de IJssel wandel, zoek ik onbewust naar slangen, maar ik heb ze nog nooit gezien.

De IJssel misleidt me soms. Ik denk een groepje slangen te zien dat naar de oever zwemt. Het zijn geen slangen, maar wel kleine rustige golven die tegen de oever slaan en dan terugkeren.

Ik hoor altijd het gehuil van een jongetje in het geluid van de golven. Als ik 's avonds laat langs de rivier wandel, hoor ik hem. Ik hoor dat het jongetje iemand smeekt.

Wie is het jongetje, dat als ik langs de IJssel wandel, in mij begint te huilen?

In mijn vaderland had ik het zo druk dat ik zijn gehuil niet opmerkte.

Nu ik hier langs de IJssel wandel, kan ik me vaag een gezicht uit mijn kindertijd herinneren.

Ik was acht jaar oud en het was warm die dag. Ik speelde aan de andere kant van de rivier bij de druivenvelden. Ineens hoorde ik een gil. Iemand gilde ergens tussen de druiven. Ik rende erheen. Ik zag niemand, maar ik hoorde hem huilen en smeken: 'Laat me los, laat me in godsnaam gaan.'

Ik rende van de ene rij bomen naar de andere en riep: 'Wie huilt daar?'

Plotseling kwam er een gespierde man met zijn broek omlaag tussen de bomen tevoorschijn. Een jongetje vluchtte als een gewond konijn weg, tussen de benen van de man door. De man trok zijn broek omhoog en rende hem achterna. De jongen passeerde de tuinen en rende naar de rivier. Hij holde de brug op. Ineens raakte hij zijn evenwicht kwijt en viel in het water. Ik hoorde hem schreeuwen maar toen ik bij het water arriveerde, was hij niet meer te zien.

Hier, langs de IJssel, verwacht ik die man ieder moment tussen de bomen te zien opduiken. In mijn verbeelding zie ik dat hij zich achter een boom verschuilt.

Men noemde hem Zabih de Verstopper, want hij verstopte

zich achter bomen, of in kuilen, of bij de pijlers van de brug om knaapjes te lokken.

Hier zie ik hoe hij zich verschuilt tussen de koeien. Ik zie zijn benen tussen de poten van Nederlandse koeien die op de oevers grazen.

Als hij geen jongetje kon lokken, liep hij achter de koeien aan. Die waren bang voor hem. Zodra ze hem van ver zagen aankomen, holden ze haastig weg. Hij rende ze achterna, greep er een beet bij het oor en trok haar mee naar een helling waar hij zijn daad verrichtte.

Als hij klaar was, ging hij naar de rivier om zijn ding te wassen. De vrouwen die bij de rivier de was deden, lieten hun wasgoed in de steek en renden naar huis. Zo ontsnapten zij aan het vreemde wezen: Zabih de Verstopper.

Zabih was een aanhanger van de sjah. Daarom durfde niemand een klacht tegen hem in te dienen. Hij had een portret van de sjah op zijn borst laten tatoeëren: het hoofd met een grote kroon erop.

Deze tatoeage had ik zelf gezien toen hij zich waste bij de rivier. Ik stond op de houten brug en keek verbaasd naar dat grote hoofd van de sjah op zijn borst. Gehurkt verborg ik me achter de leuning. Ik durfde me nu niet meer te bewegen, ik was doodsbang. Hij had een paar keer geprobeerd me te pakken te krijgen, maar dat was niet gelukt. Ineens zag hij me en rende naar me toe terwijl hij riep: 'Ik pak je, ik pak je, klootzak. Ik zal je zo...'

Ik rende de brug over en vluchtte naar huis.

'Ik zal het zó met je doen dat je het je leven lang niet zult vergeten!' riep hij luid.

Ik rende haastig het huis binnen.

De politieagenten van de stad waren met hem bevriend, niet echt, maar ze waren bang voor hem. Als er gedemonstreerd werd voor de sjah, liep Zabih de Verstopper voorop. Hij deed de knopen van zijn overhemd open en riep luid: 'Lang leve de sjah! Lang leve...'

Hij had altijd een stiletto bij zich. Hij klikte het mes open en liet het blote metaal zien. Hij zwaaide ermee boven zijn hoofd en riep: 'Dit heb ik voor de vijanden van de sjah!'

Langs de IJssel staan voornamelijk boerderijen maar langs de Sefiedgani zijn het simpele huizen die men met eigen handen gebouwd heeft. De eenvoudige huisjes hebben raampjes die uitzicht bieden op de druiventuinen en op de hoge bergen met hun oude witte hoeden. Iets verder, buiten onze wijk, stond een nieuw ziekenhuis, twee verdiepingen hoog. Als je tussen de huizen liep, kon je het ziekenhuis niet zien maar bij de rivier zag je wel de ramen van het gebouw waarin het licht van de zon weerkaatst werd.

Op een dag, 's ochtends vroeg, toen ik onze binnenplaats op liep, zag ik ineens iets vreemds in de lucht, een nieuw hoog gebouw, in de buurt van het ziekenhuis. Ik begreep er niets van. Ik rende naar buiten, naar de rivier. Het ziekenhuis was uitgegroeid. Op de plaats van het oude gebouw stond nu een nieuw, met zijn nek hoog in de lucht.

Het leek wel of een tovenaar het kleine ziekenhuis in een groot veranderd had.

Waarom had ik dat niet eerder gezien?

Ik was wel ziek geweest. Ik had in bed gelegen en was ruim een week thuisgebleven, maar het leek me onmogelijk dat in zo'n korte tijd zo'n hoog gebouw zou kunnen verrijzen. Of ik het kon geloven of niet, het stond er. Ik zag dat er op die vroege ochtend mensen aan het werk waren. Vrachtwagens reden af en aan en hijskranen tilden ladingen omhoog. Ik rende ernaartoe om alles van dichtbij te bekijken. Ik kon mijn ogen niet geloven. Tientallen bouwvakkers liepen door elkaar. De vrachtwagens reden volgeladen met stenen, zand en kalk het ziekenhuis binnen. De lege vrachtwagens keerden snel om en reden weg. Graafmachines

groeven in de grond. De kabelleggers legden dikke kabels in de
lange sleuven. De bouwvakkers vulden de sleuven weer met
zand. De lassers lasten lange ijzeren balken en de hijskranen tilden ze onmiddellijk omhoog. De elektriciens haastten zich van
de ene naar de andere kant van het gebouw. De timmerlieden
zetten de kozijnen in de nieuwe muren. De glaszetters zetten de
ruiten meteen in de kozijnen en de schilders schilderden de muren die nog vochtig waren. De directeur van het ziekenhuis had
werkkleding aangetrokken en liep overal rond. Ik begreep er
niets van. Zulke dingen kun je alleen maar dromen. Het was net
een film.

Op school ontdekte ik het geheim van het nieuwe ziekenhuis.
De sjah zou voor het eerst onze arme stad bezoeken. Hij was eigenlijk op doorreis naar het zuiden maar hij wilde ook onze stad
aandoen. Het was voor de autoriteiten een ramp, ze hadden niets
om de sjah te laten openen. Ze moesten dus iets verzinnen en ze
hadden maar twee weken de tijd. De directeur van het ziekenhuis was een slimme man. Hij zei: 'Het is nu het moment om
mijn dromen te laten uitkomen. Ik wilde altijd al het grootste
ziekenhuis van het land hebben, een ziekenhuis dat mijn naam
zal dragen. Ik heb het fundament van het huidige ziekenhuis zo
stevig laten maken dat we er zelfs nog negen verdiepingen op
kunnen bouwen. Van jullie kant een hypotheek met een lage
rente, van mijn kant een groot ziekenhuis.'
's Avonds laat ondertekenen ze het contract in het gemeente-
huis. De ziekenhuisdirecteur ging meteen aan de slag om zijn
oude droom te verwezenlijken.

De patiënten werden snel met militaire vrachtauto's naar een oude kazerne vervoerd. De volgende dag stonden tientallen bouwvakkers klaar voor de deur van het ziekenhuis. Vrachtwagens,
bulldozers en hijskranen reden het ziekenhuis binnen. Men begon in drie ploegen te werken. Een ploeg bouwvakkers verliet

het gebouw na acht uur hard werken en daarna kwamen er tientallen verse krachten tegelijkertijd binnen.

Uiteindelijk gebeurde er wat nergens anders ter wereld zou kunnen.

Op de vroege ochtend van de dertiende dag was het ziekenhuis klaar. De eerste drie verdiepingen waren klaar voor gebruik, de rest stond nog leeg.

'Zodra de zon scheen, kwam een mooi wit ziekenhuis in de lucht tevoorschijn,' zeiden mensen in de stad.

Het ziekenhuis had de hoge bergen als achtergrond en de Sefiedgani stroomde er voor langs.

De eenvoudige, lelijke huizen die nu in de weg stonden, pasten niet meer bij het ziekenhuis. Ze moesten opgeruimd worden.

Op de veertiende dag stonden er geen huizen meer. De bulldozers ruimden ze allemaal op. In plaats van de huizen was er nu een brede asfaltweg gekomen die naar het centrum liep.

Alles was klaar om de sjah te ontvangen. Om twee uur gingen alle bedrijven, kantoren en scholen dicht. Iedereen liep, met een portret van de sjah in zijn handen, richting het nieuwe ziekenhuis om hem te verwelkomen.

Langs de kant stonden scholieren en belangstellenden.

De zon scheen fel en het nog nieuwe asfalt smolt en plakte aan de zolen van onze schoenen. De autoriteiten hadden grote tapijten laten uitrollen: een lange straat bedekt met allemaal grote, prachtige tapijten.

Om kwart over twee landde de sjah persoonlijk met zijn privévliegtuig op het kleine vliegveld van de kazerne.

De lucht rook naar verf en teer en we wachtten op zijn komst.

Zenuwachtig telden we de seconden tot we de man zouden ontmoeten die we alleen van foto's kenden.

Ik rekte mijn hals uit om te kijken of de auto van de sjah er al aan kwam. Ineens stond Zabih de Verstopper als een muur voor mij, ik schrok me dood. Hij zei niets. Ik wist dat hij me nu niets kon doen maar ik was bang dat hij me in aanwezigheid van mijn klasgenoten zou aanraken. De kinderen kenden hem en waarschijnlijk waren er wel meer scholieren die het slachtoffer van hem waren. Ik vreesde dat iemand zou kunnen denken dat ik iets met hem had. Zabih keek me recht aan en ik zag de griezelige ogen van een slang. God sta me bij, dacht ik en wierp een blik om mij heen. Hij kwam achter me staan en stak zijn hand voorzichtig naar mijn achterwerk uit. Mijn bloed bevroor in mijn aders. Van angst durfde ik niet te bewegen. Zijn hand gleed onder mijn broekriem. Ik voelde de toppen van zijn lange vingers op mijn huid, maar ineens juichten de scholieren luid: 'Hoera! Hoera! Lang leve de sjah.'

Zabih liet me los en sprong naar voren.

Een grote, zwarte, fonkelende auto kwam aanrijden. Het dak was open en de sjah stond op de achterbank. Hij was in militair tenue en had een grote pet op. Men klapte, juichte, gilde, en de sjah zwaaide ons afwezig toe. De grote zwarte auto passeerde ons nu. De sjah nam zijn pet af en zwaaide ermee naar ons, naar Zabih. Deze kon zijn emoties niet meer bedwingen, sprong plotseling naar het midden van de straat, rende achter de auto aan en riep luidkeels: 'Lang leve de koning der koningen.'

De politieagenten renden achter hem aan en hielden hem vast. De sjah draaide zich geschrokken om. Zabih riep overstuur: 'Lang leve de koning.'

De sjah maande de agenten hem los te laten. Zabih scheurde de kraag van zijn witte overhemd en liet de tatoeage zien. De sjah begreep er eerst niets van. Hij keek verbaasd naar Zabih die zijn gescheurde kraag wijd open hield en hysterisch riep: 'Lang leve de sjah! Lang leve...'

De sjah beval de chauffeur de auto stoppen. Zabih rukte het overhemd van zijn lijf en liet zijn borstspieren zwellen. De tatoeage, het hoofd van de sjah, kwam op zijn borst in beweging. De sjah zette zijn bril op en bekeek hem aandachtig. Daarna zette hij zijn bril af, knikte koel naar Zabih en glimlachte. Toen kwam de auto weer in beweging.

De volgende dag stond er een grote foto van de sjah en Zabih op de eerste pagina van de krant die als spreekbuis van de sjah dienst deed. De sjah met een koninklijke glimlach en met de bril in zijn hand, en Zabih de Verstopper met de tatoeage op zijn blote borst.

Die tijd is nu al lang voorbij. Als ik op mijn kindertijd terugkijk, zie ik dat Zabih toen mijn grootste angst was. Hij had met zijn aanwezigheid mijn leven ommuurd. Ik durfde niet weg te vliegen. De hoge bergen aan het eind van de druiventuinen trokken mijn ziel aan maar Zabih had ze ontoegankelijk voor mij gemaakt. Hij stond als een monster op mijn weg naar de bergen.

Ik voelde overal zijn aanwezigheid. Ik moest goed opletten om niet in zijn val terecht te komen, maar ik ontkwam er toch niet aan.

Op een warme zondagmiddag speelde ik aan de andere kant van de rivier. Ineens stak een kleurige slang zijn geelbruine kop uit een gat. Ik hield mijn adem in en bleef hulpeloos staan. De slang keek mij recht aan. Als ik niet angstig was, als ik even bleef stilstaan, kroop hij waarschijnlijk terug in zijn hol, maar ik was bang, zó bang dat mijn knieën knikten. Ik wierp een blik om me heen, draaide me om en rende eensklaps naar de tuinen. Ik rende hard, maar of het waar was of niet, ik voelde dat de slang me achtervolgde. Ik hoorde dat hij haastig tussen het gras en de struiken achter mij aan kroop. Ik zag niets voor mij. Al mijn energie ging naar mijn gehoor om de geluiden achter mijn rug waar te nemen. Plotseling kwam Zabih van achter een boom tevoorschijn. Met mijn hoofd botste ik tegen zijn buik en viel op de grond. Ik keek naar hem op. Van angst kreeg ik een droge mond en proefde iets bitters op mijn tong.

'Ik heb je, klootzak! Eindelijk heb ik je te pakken gekregen.'

Hij boog zijn grote lichaam, stak zijn rechterhand uit en greep me bij mijn kraag. Hij tilde me hoog in de lucht. Opeens schreeuwde ik hard, zó hard, zó bang dat hij me van schrik liet vallen. Haastig kroop ik een stukje, kwam daarna overeind en vluchtte verder naar de brug. Midden op de brug verloor ik mijn evenwicht en viel in de rivier. Ik schreeuwde, de wilde golven namen me mee.

Hoe lang het duurde, ik weet er niets van. Ik lag bijna bewusteloos half in het water, half op de oever. Ineens hoorde ik vrouwen, ik hoorde vaag hun geschreeuw, ze kwamen huilend rondom mij heen staan. Ze dachten dat ik dood was maar zodra ze merkten dat ik ademhaalde, stopten ze met huilen. Ze wisten niet wat ze met mij moesten doen. Ze vonden altijd een dode bij de rivier maar nooit een halfdode.

Eén vrouw verbrak de stilte met een juichkreet en toen juichten ze allemaal. Ze wilden me naar onze wijk, naar ons huis sjouwen toen een van hen riep: 'Wacht! Eerst moet het water uit zijn buik.'

Ze verzamelden een stapel dode takken en stookten een vuur. Daarna tilde een vrouw me bij mijn benen op als een dood konijn en begon me met mijn hoofd naar beneden boven het vuur uit te schudden. Ik hoorde hun gejuich. Ik hoorde hun gehuil. Ze schudden me om de beurt. Ik voelde de vlammen op mijn gezicht. Op een gegeven moment spuugde ik al het water van de Sefiedgani uit.

De vrouwen begonnen weer te juichen. Ze brachten me zingend naar huis en gaven me met verschroeide haren en wenkbrauwen aan mijn moeder.

'Gefeliciteerd, op het voorhoofd van je zoon is geschreven dat hij een lang leven zal leiden,' zei een oude vrouw, 'de Sefiedgani heeft hem levend achtergelaten. Eens zal hij een belangrijk iemand worden.'

Nu zijn er jaren, of eeuwen, voorbijgegaan en ik werd niemand. Op mijn voorhoofd staat niets anders dan 'vlucht' geschreven en 'eeuwig heimwee'.

De vrouwen wilden in hun donkere toekomst een licht hebben, maar ik was geen licht, geen hoop. Niemand zal aan hén denken.

Ik heb nu nog een paar littekens op mijn lichaam van het vuur, van het reddingsvuur. Het zijn de enige herinneringen die ik nog heb aan die gebeurtenis.

Ik loop langs de IJssel en ik zie Zabih de Verstopper weer. Ik zie hem tussen de bomen, tussen de weghollende koeien. Ik zie hem terwijl hij zich achter een pijler van de oude IJsselbrug verstopt om een Nederlands jongetje te lokken.

Ik weet het niet, maar ik denk dat ballingschap een thuisbasis is van waaruit je terug kunt vliegen naar je kindertijd.

Voordat ik de IJssel leerde kennen, was ik Zabih de Verstopper totaal vergeten. Toen de IJssel in mijn gedachten begon te stromen, voerde zij al die herinneringen in mij terug.

Later, toen ik ouder werd, was ik niet bang meer voor Zabih. Ik zag hem eigenlijk niet meer. Ik had de boeken ontdekt. Ik had mijn blik afgewend van de prachtige bergen aan het eind van de druiventuinen en richtte mijn aandacht nu op de boeken. Ik las prachtige, onvoorstelbare dingen over andere rivieren en andere slangen, en heel veel andere zaken die alleen in de gedachten van een jongen in een arme stad vorm konden krijgen. Zabih de Verstopper was dus geleidelijk verdwenen uit mijn leven. Ik had hem ook in mijn herinnering in een donker hoekje begraven, zó diep dat hij ook niet in mijn dromen kon komen. Later verhuisde ik naar de hoofdstad om naar de universiteit te gaan. Daar kwam ik in contact met een ondergrondse beweging tegen de sjah. Toen brak de revolutie uit en de sjah werd van zijn troon gestoten. Khomeini nam de macht over en zijn aanhangers kregen de controle over de steden. Zij waren bang voor links.

Op de toegangswegen van de steden controleerden ze de auto's op zoek naar de oppositieleiders. Op een avond toen ik van Teheran naar mijn geboortestad wilde, kwam een militair uit zijn wachthokje bij de ingang van de stad, in het licht van de schijnwerpers tevoorschijn. Met zijn geweer maande hij mij te stoppen. Ik remde. De militair kwam naar voren, hij had een baard die tot zijn borst kwam, een lang geweer in zijn beide handen en op de linkerkant van zijn borst droeg hij een klein portret van Khomeini.

Ik draaide het raampje van mijn auto open en hij boog naar voren. 'Papieren,' riep hij bevelend.

Ineens zag ik het gezicht van Zabih de Verstopper achter de lange grijze baard.

'Papieren, zei ik!' riep hij weer.

Ik keek hem recht in zijn ogen. Plots verscheen een blik van herkenning in zijn ogen. Hij trok zich snel terug, nam afstand van de auto en zei dat ik door mocht rijden.

Ik weet niet wat hij bij die onverwachte ontmoeting gedacht heeft, maar ik kon mij niet bij de situatie neerleggen. En ik wist dat ik niet de enige was. Hij had zich nu achter Khomeini verstopt en bekleedde de twee verfoeilijkste posities in de stad: hij behoorde tot Khomeini's fanatiekste aanhangers en was hoofd van de martelkamer van de gevangenis waar men de politieke gevangenen opgesloten hield. Hij was een groot gevaar, niet alleen voor de politieke gevangenen, maar voor iedereen. De mensen die het geweten van de stad vormden, konden het niet accepteren.

Een paar avonden later stond ik in mijn ouderlijk huis bij het raam en keek in het donker naar buiten, naar de onrustige rivier, naar de druiventuinen waar de slangen tussen de takken zaten verscholen en daar waarschijnlijk naar de rivier luisterden. Ineens hoorde ik de vrouwen, de vrouwen die bij de oever de was deden. Ik kon niet horen of ze juichten of huilden maar ik rende naar buiten, naar ze toe. De vrouwen vormden een kring rond een lijk. Daar in het maanlicht lag een militair, half in het water, half op de oever. De maan scheen op zijn grijze baard en er zat een portret van Khomeini op zijn borst gespeld.

Volgens de traditie moesten we hem nu in een wit laken wikkelen en hem naar de begraafplaats brengen maar we deden niets. We keerden stilletjes in het donker terug naar huis en slopen op onze tenen naar binnen.

Ik ging in het donker weer bij het raam staan en keek naar buiten. De maan scheen. Het lijk lag op de oever en de rivier stroomde voorzichtig door.

Fagrimoloek

Fagrimoloek is sinds vorige week terug uit Nederland. Haar dochter, Mahboeb, woont daar als vluchteling. Meer dan zes jaar had ze haar niet gezien. Twee maanden is zij bij haar geweest.

Straks komt haar beste vriendin, Zinat, bij haar op bezoek.

Moe loopt ze naar de kachel, doet het deurtje open en gooit er een blok hout in. Daarna zet ze twee kopjes op het dienblad op de tafel en kijkt in de theepot of de thee genoeg getrokken is.

Soms vraagt ze zich af of het misschien niet beter was geweest als ze die reis niet gemaakt had.

Zolang je van iets geen weet hebt, hoef je er ook niet over te piekeren maar nu ze de situatie kent, zit ze in de problemen. Ze was de eerste week in Nederland gelukkig geweest, daarna kwam de domper.

Haar dochter, Mahboeb, bleek gescheiden en zij had het niet eens geweten. Zij had haar ex-schoonzoon, een landgenoot die haar dochter in Nederland had leren kennen, niet ontmoet. Nog veel erger was dat haar dochter soms 's avonds laat aangeschoten thuiskwam.

Hoe kan ze dat verhaal bij haar vriendin, Zinat, kwijt?

Hoe kan Zinat geloven dat Mahboeb... Ach nee, ze wil er zelfs niet meer aan denken.

Nederland doofde haar laatste hoop als een kaars uit.

Na de moord op haar zoon en het overlijden van haar man was

Mahboeb haar enige troost. Nu blijft er niets anders over dan te denken: Wie weg is, is weg.

Maar als ze niet over haar dochter wil praten, waar kan ze het dan vanavond met Zinat over hebben?

Door het raam kijkt ze naar buiten, het donker in. Ze maakt zich zorgen over haar poes, ze weet niet waar die in de regen blijft.

De regen tikt hard tegen het raam en het water lekt naar binnen. Fagrimoloek zoekt naar een lap en legt hem op de vensterbank om het water op te vangen.

Er wordt geklopt.

'Ik kom eraan,' roept ze.

Ze slaat een sjaal om haar hoofd en gaat naar de binnenplaats om de buitendeur te openen.

Een oude vrouw, gehuld in een chador, staat voor de deur.

'Kom binnen, Zinat! Je bent kletsnat.'

'Dat geeft niets. Laat me je eerst eens goed bekijken. Ik heb je maanden niet gezien.'

'Kom nou maar binnen, in die regen kun je me toch niet zien.'

Eenmaal binnen zegt Zinat: 'Voel je je niet lekker? Ik had je vrolijker verwacht.'

'Nee, het gaat wel.'

'Zeg, hoe was het met Mahboeb?'

'Ze maakt het goed en ze is gezond.'

'En het kleintje?'

'Prima.'

'Eindelijk heb je je dochter weergezien, Fagrimoloek, en ben je naar buitenland geweest. Je hebt nog wel gevlogen! Vertel eens, wat heb je nog meer gedaan?'

'Ik vertel je alles, maar doe je sluier af en geef hem aan mij, dan zal ik hem bij de kachel hangen.'

'Waarom zeg je zo weinig? Wat deed je kleindochter toen ze je voor het eerst zag?'

'Ik kan niet alles tegelijk vertellen. Ga maar eerst lekker zitten.'

'Je ziet er niet goed uit, je bent toch niet ziek?'

'Nee, niet ziek. Ik ben nog altijd moe van die lange reis.'

'Ik dacht dat je langer zou blijven. Heb je er geen spijt van dat je al terug bent?'

'Ach nee, de gast is de eerste dagen welkom, maar dan wordt hij een last. Daar is geen plek voor ons. Wat moet je daar doen als je niet echt kan praten? Ik miste mijn eigen huis, echt waar.'

'Tja, ik heb zelf geen ervaring. Je hebt dus heel veel te vertellen,' zegt Zinat en gaat bij de kachel op de grond zitten. Fagrimoloek schenkt thee in terwijl ze zegt: 'Ik weet niet waar ik beginnen moet. Daar is het totaal anders, Zinat. Men woont daar anders, eet anders. Oud worden is anders. Sterven gaat anders. Jonge vrouwen leven anders en de zon komt anders op en gaat ergens anders onder.'

'Zeg, was je de hele tijd alleen met Mahboeb of had je ook contact met de Nederlanders.'

'Nee... ja toch!' zegt ze en ze wil over een meisje praten dat ze daar heeft leren kennen. Maar Zinat komt er tussen: 'Hoe ging het met de taal? Kon je hun taal een beetje leren?'

'Ze kauwen de woorden kapot, Zinat, hoe kon ik die taal dan leren?'

'Geen woord?'

'Even denken. Ja, een paar woorden, een kort zinnetje. Wat was dat toch? O god, weer vergeten, van mijn kleindochter geleerd. Ik weet het weer: "Ik... ik ben een "echte".'

'Wat betekent dat?'

'Dat betekent dat ik de echte oma, "de asli", de asli oma ben, snap je? Op het vliegveld toen ik mijn kleindochter voor het eerst zag achter die glazen deur, herkende ik haar meteen: "Kom bij me, ik ben je oma," zei ik. Maar ze kwam niet. Mahboeb deed mijn sluier een beetje opzij en zei tegen haar: "Kijk eens, zij heeft ook grijze haren! Zij is jouw echte oma."'

'Wat enig! Verstond ze je wel?'
'Ja, een klein beetje, maar ze gaf in het Nederlands antwoord.'
'Wat grappig,' zei Zinat lachend, 'en toch begrepen jullie elkaar?'
'Ja, hoor. Ik praatte zelfs met de moeder van Christina in onze eigen taal.'
'Christina?'
'Een meisje, een jonge vrouw, die alleen in een flat boven de woning van mijn dochter woonde. Zij was twintig, drieëntwintig? Misschien achttien? Ik weet het niet. Ach god, ik ben al oud.'

Eigenlijk begint ze over Christina om vooral maar niet over haar dochter te hoeven praten.

Ze vertelt dat Christina vaak bij Mahboeb kwam en eens toen haar moeder bij haar op bezoek was, had ze Fagrimoloek gevraagd een kop koffie te komen drinken.

En zo leerde ze Maria, Christina's moeder, kennen en als ze alleen thuis moest blijven, zocht ze Maria soms op.

Ze zegt dat Maria in een kleine boerderij in een dorpje net buiten de stad woont. Haar huisje ligt aan de dijk. In die laatste weken ging ze vaak met de bus naar haar toe.

'Ging je in je eentje?' vraagt Zinat verbaasd.

'Ja, ik had geleerd hoe ik er moest komen. Voor de woning van mijn dochter stapte ik in de bus. Daarna moest ik twee keer overstappen.'

'Ik geloof er niets van, Fagri. Je kunt nog niet eens de goede bus vinden om bij mij te komen. Hoe kon je daar dan zonder Nederlands te spreken twee keer overstappen?'

'Als het moet, leer je dat,' zegt Fagrimoloek. 'Mahboeb moest werken. Als jij de hele dag achter dat raam moest blijven zitten terwijl het steeds maar regende, deed jij dat ook. Zodra de wanhoop me in mijn kraag greep, rende ik naar de bushalte. Ik bleef wachten tot de bus met het goede nummer kwam. Eerst moest ik nummer twaalf nemen, daarna veertien en dan nummer elf. In de laatste bus ging ik bij het raampje zitten en lette op de huizen. Op het moment dat ik het huis met de bekende witte glasgordijnen zag, drukte ik op die rode knop en de bus stopte. Maria was mijn redding. Anders wist ik niet wat te doen. Ze zette koffie en we praatten met elkaar.'

'Nou zeg, ik hoor allemaal nieuwe dingen van jou! Hoe kon je met haar praten?'

'Ze wist bijna alles van mijn leven, Mahboeb had het haar verteld. Zij was ook alleen. Tijd zat. Ik vertelde iets en ik herhaalde het met alle gebaren die ik kende, tot ze me een beetje begreep.'

'Ik had daar wel bij willen zijn. Het is echt om te lachen,' zegt Zinat.

'Er viel niets te lachen. Zij vertelde over haar moeder, over haar zuster die jong aan een ziekte overleden was, over Christina... och, over heel veel andere dingen. Zij liet me foto's zien, de foto's van toen ze jong was, ook een heel oude van haar grootmoeder.'

'Wat vertelde jij haar allemaal?'

'Ik vertelde haar ook alles: over de dood van mijn man, over de dood van mijn zoon, over de dood van jouw dochter.'

'Over Lyla?'

'Ik had ook een foto van haar bij me. Ik liet haar de foto zien en probeerde het verhaal van Lyla's dood te vertellen, maar dat ging niet, een foto zegt eigenlijk niets.'

'Wat deed je dan?'

'Eigenlijk niets, iets kinderlijks. Om het duidelijk te maken sloeg ik hard met mijn vuist in mijn buik. Daarna liet ik me door mijn knieën zakken. En ik liet mezelf op de grond vallen.'

'Ach, mijn arme Lyla,' zegt Zinat. Tranen springen in haar ogen.

'Het spijt me, ik wilde je niet meer leed aandoen. Ik wou Maria vertellen wat men met onze kinderen doet. Maar ze snapte het niet. Die dingen gebeuren daar niet, ze dacht dat ik misschien iets anders bedoelde. Ze pakte de telefoon en belde Mahboeb op en vroeg: "Waar heeft je moeder het over?"'

Fagrimoloek kijkt naar buiten. 'Het regent nog steeds,' klaagt ze.
'Wat heb je met die regen?' zegt Zinat.
'Ik weet het niet. De poes is nog steeds niet terug, ze is de hele dag weg.'
'Hier maakt niemand zich zorgen om een mens en jij maakt je bezorgd over een poes? Wat is er met je?'
'Ik ben bang dat... Wil je nog een kop thee?' zegt Fagrimoloek en ze staat op, het dienblad meenemend.

Ze is kapot teruggekomen.
De reis was eigenlijk als een spiegel waarin ze haar eigen leven overzag. Ze zag dat het een verloren leven was.
Hoe was het mogelijk dat men in haar eigen land zo makkelijk korte metten maakte met iedere tegenstander, terwijl in Nederland alles mocht.
Het huidige regime vermoordt zelfs de meisjes, verjaagt ze, zodat ze het land ontvluchten, iets wat voordien onbekend was.
Hoe kan Mahboeb een bedreiging voor het regime zijn? Wat zou Lyla met politiek te maken kunnen hebben? Hooguit wilde ze een boek lezen, of wilde geen sluier om. Hoewel zij soms een grote mond kon hebben! Mogelijk had ze in de cel geroepen: 'Dood aan de dictator!'
En de bewaker zou haar de mond hebben willen snoeren, maar zij had niet op willen houden en had weer geschreeuwd: 'Dood en nog eens dood aan de dictator.'
Daarop zou de man Lyla met een stomp in haar buik voorgoed tot zwijgen hebben gebracht.

Ze had wel over Nederland gehoord, maar er bleven toch veel dingen onbegrijpelijk. Daar hoefde niemand te vluchten. Ze denkt dat de meisjes daar zich niet zo bemoeien met politiek maar waar hielden ze zich dan toch mee bezig? Met het pakken van hun rijwielen om er haastig mee naar de dijk te fietsen?

'Fagri, laat me de foto's van Mahboeb zien,' zegt Zinat.

'Tijd genoeg. Ik heb ze ergens neergelegd, straks ga ik ze zoeken,' zegt Fagrimoloek.

Ze wil eigenlijk de foto's niet laten zien. Wat kan ze zeggen als Zinat vraagt waarom Mahboeb zo bleek ziet en zo mager geworden is.

'O, help even onthouden,' gaat ze verder, 'Mahboeb heeft een mooie sjaal voor je meegegeven.'

'Ach, dat is lief van haar.'

'Kijk! Ik heb ook een kaas voor je meegenomen. Hollandse kaas.' Fagrimoloek haalt een grote bol kaas tevoorschijn: 'Mooi hè?'

'Geef hem eens even? Waarom maken ze hem rond?'

'Dat moet je aan die Hollanders vragen.'

Ze overhandigt de kaas aan Zinat en keert zich naar de tafel waar een zwarte tas op staat. Ze haalt er een foto uit en geeft die aan Zinat.

'Wie is dat meisje?' vraagt Zinat.

'Dat is Christina.'

'Met mijn slechte ogen kan ik het niet goed zien.'

'Weet je, Zinat, Nederland is een ideaal land voor meisjes, voor jonge vrouwen. Ze zijn vrij en er zit geen enkel meisje om politieke redenen in de cel. Ik heb het van Mahboeb gehoord. Daar mogen de jonge vrouwen zich laten zien. Ze staan daar massaal op de zon te wachten. Snap je? Dag en nacht zijn miljoenen koeien aan het grazen om melk voor hen te produceren.'

'Maar wat deed Mahboeb daar?'

Fagrimoloek kan het niet meer ontwijken.

'Weet je Zinat,' begint ze voorzichtig, 'onze kinderen zijn er bezig met hun eigen leven. Ze hebben geen tijd meer voor ons.'

'Wat bedoel je?'

'Hoe moet ik het zeggen? De vlucht heeft ze veranderd. Net als een steen die het water van de rivier meevoert. Als je hem na een lange tijd weer ziet, zie je dat hij niet meer hetzelfde is.'

'Heb je het over Mahboeb?'

'Ja, ook over Mahboeb. Soms dacht ik: Is dit mijn dochter?'

'Ik snap er niets van, Fagri. Wat wil je zeggen? Heeft ze je misschien niet goed ontvangen?'

'Nee, dat niet. Zij deed haar best en probeerde mij met goede herinneringen naar huis te laten gaan, maar nee...'

'Maar wat? Vertel het eens. Je hoeft het niet te verbergen.'

'Ik... ik voelde dat ze de dagen telde tot ik terugging.'

'Wat hoor ik nou? Mahboeb telde de dagen om je terug te sturen?'

'Ik weet het niet. Misschien had ik te hoge verwachtingen. Het was moeilijk, Zinat, veel te zwaar voor mij. Ik was altijd alleen thuis.'

'Je had toch je kleindochter.'

'Dat ook niet. Ze wilde me niet. Ze kwam niet bij mij op schoot zitten. Ze liet me geen slaapliedje zingen. Ik was een vreemdeling, Zinat. Een vreemde oma.'

De regen tikt tegen de ruiten. Zinat houdt de handen van Fagrimoloek in haar handen.

'Je hoeft niet zo verdrietig te zijn, Fagri. Kinderen kwetsen hun ouders altijd. Maar ik had het niet van Mahboeb verwacht.'

'Ik ga even in de schuur kijken of de poes daar zit,' zegt Fagrimoloek en gaat naar buiten.

Ze blijft even in de regen staan, het lijkt of ze niet weet hoe ze naar de schuur moet. 'Nee,' zegt ze in zichzelf, 'ik moet mijn mond houden. Zinat hoeft niet alles te weten. Het is het geheim van onze familie. Wat moet ze wel niet denken als ik haar vertel dat een Nederlandse man Mahboeb een keer 's avonds laat naar huis bracht en dat ze haar kind, háár kleinkind, niet goed verzorgde en haar elders onderbracht om op haar te laten passen?

Laat Zinat maar denken dat Mahboeb het goed maakt en met haar eigen leven bezig is. Zo is het beter.'

In de woonkamer komt Zinat met de foto in haar hand overeind. Zij kijkt door het raam naar buiten, ziet het licht in de schuur en Fagrimoloek die er bezig is.

Zij loopt in de woonkamer rond en gaat onder de lamp staan en bekijkt nog eens Christina's foto: Wat is daar aan de hand? Daarna bekijkt ze de kleurenfoto die ingelijst aan de muur hangt. Daar staat Fagrimoloek op met haar kleindochter. 'O, jij bent het, dat kleintje,' zegt ze. 'Wat zegt die oma van je allemaal. Was je niet aardig voor haar? Heb je haar pijn gedaan?'

Ze zoekt iets, hoort dat Fagrimoloek terugkomt. 'Fagri, heb je een sigaret voor me,' vraagt ze aan Fagrimoloek die doorweekt binnenkomt.

'Ja, ik heb wel wat voor je. De poes was er niet. In de schuur lekt het en de regen wil maar niet ophouden. Ik ben bang dat het dak naar beneden komt. Even denken, waar heb ik dat pakje gelaten. Ah, ik weet het weer. Het zit nog steeds in mijn koffer, ik zal het voor je pakken.'

Zij haalt uit haar koffer een half pakje sigaretten tevoorschijn.

'De helft heb ik samen met Maria opgerookt, maar ik heb geen zin meer. Je mag ze houden. Even een asbak halen.'

'Fagri, wat een mooie kleindochter heb jij. Zij lijkt niet op jullie. Heeft ze misschien iets van je schoonzoon weg? Zeg, hoe maakt hij het? Hoe vond je hem?'

'Aardig,' liegt ze, 'het is een goede man. Eigenlijk zag ik hem niet zo vaak. Toen ik daar was, had hij het heel druk. Hij studeerde en moest iedere dag naar een andere stad. Hij zat in zijn examentijd. Soms moest hij een week lang bij zijn vrienden blijven logeren.'

Hoe kan ze zeggen dat haar dochter eigenlijk geen man heeft en ze twijfelt er zelfs aan of Mahboeb ooit getrouwd is geweest.

Ze denkt terug aan Nederland en aan die scène met haar

dochter: 'Ik ben je moeder, Mahboeb. Vertel me, wat ben je hier toch aan het doen!'

Maar ze kreeg geen duidelijk antwoord. 'Vraag die man, die jongen of hij even bij mij komt. Ik wil met hem praten.'

'Hij is er niet, moeder. Ik wil hem niet meer zien. We hebben niets met elkaar.' En daarna was Mahboeb in tranen uitgebarsten.

'Maar Mahboeb, ik heb het recht om hem eens te ontmoeten.'

Fagrimoloek geeft de asbak aan Zinat. 'Ach, wat wilde ik je vertellen? Aha, het verhaal van Christina.'

Zij zucht diep: 'Wanneer was het ook al weer? Ik weet het niet precies. Het was een warme dag en ik zat op het balkon en keek naar de mensen. Een auto stopte voor de deur en er stapte een jonge vrouw uit. Het was Christina. Zij wist dat ik alleen was, kwam me vragen of ik met haar naar het strand wilde. Ze liet me een ansichtkaart van een strand zien en zei: "Ga je mee?" Lachend schudde ik mijn hoofd, nee, ik wilde niet. Ik had van mijn dochter al veel over het strand gehoord. Daar liep iedereen bloot rond en ik, met die sluier om... nee, dat was niets voor mij. Maar diep in mijn hart wilde ik wel met haar mee en Christina las het in mijn ogen. "We gaan," zei ze en ik ging zo mee.

Het was druk op het strand. Iedereen rende bloot of halfbloot naar het water. Ik durfde niet naar de mensen te kijken, maar ik kon ze niet ontwijken, ze waren overal om me heen. Ik zei tegen haar dat ik niet meer verder wilde, of we niet ergens konden gaan zitten. We stopten onder een boom. Weet je wat er gebeurde? Christina trok haar kleren uit, gooide ze op de grond en rende naar het water. Ik schaamde me dood. "Hé Christinaaa... Naaro, naaro!" riep ik in onze eigen taal. Maar ze luisterde niet. Waarom lach je Zinat?'

'Waarom zou ik niet lachen. Ik kan me wel voorstellen hoe je machteloos onder die boom stond,' zei Zinat en stak haar sigaret aan, 'en toen, wat gebeurde er toen?'

'Niets, niets bijzonders meer. Het was een mooie dag, die ik nooit zal vergeten. We gingen ergens een patatje eten. We aten gezellig een ijsje en 's middags kwamen we moe thuis. Maar de dag daarna ging de bel. Ik deed open. Het was Christina weer. Ik las ineens een grote angst in haar ogen. "Wat is er Christina?" Ze wees naar haar buik en barstte in tranen uit. Ik dacht dat ze ongewild zwanger was. Ik zei met gebaren, dat geeft niets, zwanger zijn is hier toch geen probleem? Maar haar ongewoon bleke gezicht zei dat er iets anders aan de hand moest zijn. Ze wees weer naar haar buik en zei dat alles eruit moest.'

'Alles eruit? Waarom zo plotseling?'

'Het was niet onverwachts, Zinat! Die dag dat we naar het strand gingen, was de uitslag van het onderzoek al bekend, maar ze durfde toen niet naar het ziekenhuis. Ze voelde dat er iets ergs was, maar ze wilde het nog niet weten, daarom kwam ze naar me toe om me mee naar het strand te nemen.'

Zinat drukt haar sigaret uit.

'Maar Fagri, ik begrijp niet waarom ze op dat moeilijke moment naar jou kwam? Je kon haar toch niet verstaan?'

Fagrimoloek zwijgt even, het lijkt of ze er iets over wil zeggen, maar aarzelt. 'Ik begrijp wat je bedoelt. Ik kon het haar niet vragen maar het kon ook geen toeval zijn.'

'Wat bedoel je?'

'Ik weet het niet,' zegt ze en gaat verder met haar verhaal. 'Na de operatie gingen we haar in het ziekenhuis bezoeken. Het was niet meer dezelfde Christina, maar een schaduw van wie ze eerst was.'

'Wat erg voor haar, Fagri. Wat deed haar arme moeder?'

'Niets. Wat kon zij doen? Ik ging met Mahboeb naar haar toe. Ze was kapot. Ze zei dat het niet goed met Christina ging en dat zij dood zou gaan. Eerst kon ik niets zeggen, niets doen. Maar toen bedacht ik dat ze niet zo snel voor de dood zou mogen knielen. Ik pakte haar handen en zei met heel mijn ziel: "Zanoe nazan! Maarg miparad roe Christina. Pas op! Als je knielt, springt de dood op je dochter!"

Ik trok haar aan de mouw en zei: "Ga nu maar naar Christina! Steek je vinger omhoog en zeg: Nee, nee! Maarg niet, je mag niet doodgaan, Christina!"'

'Uitstekend!' zei Zinat lachend. 'Dat is de echte Fagrimoloek, iemand die de dood kent.'

'Weet je, Zinat. Ik wilde de dood de weg versperren. Daarom besloot ik al mijn kracht aan te wenden om hem bij Christina vandaan te houden.'

'En toen?' zegt Zinat.

"'s Nachts werd ik wakker van een droom. Raad eens wie er in mijn droom verscheen: "De heilige Fatma". Eerst herkende ik haar niet. Zij had een zwarte sluier om...'

'Een zwarte?'

'Ik greep haar hand meteen beet en riep: "Hé, Jongedame! Ik vroeg u mijn zoon te redden. U deed het niet. Ik vroeg u mijn dochter terug. Nu is zij niet meer van mij. Red Christina dan tenminste! Geef haar terug aan haar moeder!"'

'Allemachtig!'

'Bezweet schrok ik wakker. Ik keek naar mijn handen, maar ze waren leeg... Hoor je dat? De poes krabt aan de deur. Ze is terug.'

Fagrimoloek staat op om haar binnen te laten.

'Waar was je? Waarom moet ik mijn hele leven altijd op iemand wachten? Je bent kletsnat, ga bij de kachel liggen. Gaat het soms niet goed met je? Waarom tril je zo? Je loopt zo raar. Ben je misschien ziek of zwanger? Vreemd! Wacht, laat me eens naar je buik kijken!'

Moe wankelt de poes naar de kachel en blijft erachter liggen.

'Ach heden, is het al halfelf?' zegt Zinat. 'Ik moet naar huis en je hebt me de foto's van Mahboeb nog niet laten zien.'

'Je hoeft toch niet naar huis te gaan! Je hebt niemand thuis die op je wacht. Blijf maar hier logeren. Zeg, heb jij mijn windmolen al gezien? Kijk eens.'

Ze wijst naar een porseleinen molen die op de schoorsteenmantel staat.

'Vind je hem mooi? Die heb ik van Maria gekregen. Ik moet je eigenlijk een paar verhalen over de harde wind in Nederland vertellen. De kracht van de wind en de regen daar moet je meemaken. Deze windmolen heeft een eigen verhaal. Op een avond toen ik met Maria over de dijk wandelde, kreeg de wind opeens vat op mijn sluier en wilde hem afpakken. Ik hield mijn sluier vast. De wind trok mij nu met sluier en al mee, hij rukte hem van mijn hoofd en nam hem mee naar de andere kant van de rivier. Toen voerde hij de sluier hoog over de bomen naar de boerderijen, naar de koeien en sloeg hem tegen de wieken van een oude windmolen. Hij bleef toen aan een van zijn wieken hangen en draaide mee. Op de laatste dag terwijl ik met mijn koffer in de hand klaar stond om naar huis te gaan, kwam Maria ineens met deze windmolen. "Je sluier hangt daar, neem deze molen maar mee," zei ze. Zie je, Zinat? Zie je hoeveel dingen ik heb om over te praten? Ik kan een matras voor je op de grond leggen en als we in bed liggen, zal ik je meer vertellen over mijn reis. Als ik eerlijk ben, moet ik zeggen dat ik vanavond een beetje bang ben.'

'Bang? Waarvoor?'

'Ik weet het zelf ook niet. Blijf je of blijf je niet?'

Zinat kijkt naar buiten. 'Het regent nog steeds, ik blijf.'

'Fijn, ik ga de matras halen. Je kunt ook een nachthemd voor jezelf uit de kast pakken.'

Fagrimoloek legt de matras klaar en een kussen en deken, daarna loopt ze naar de kachel en gooit er een blok hout in. Dan buigt ze zich een beetje over de kachel heen, kijkt naar de poes en zegt: 'Voel je je beter? Morgen zal ik kijken wat er met je aan de hand is.'

Zinat gaat naar bed. 'Fagri, je hebt veel meegemaakt, maar ik begrijp nog steeds niet hoe het mogelijk is dat men in een ander land, een land dat aan de andere kant van de aardbol ligt... Hoor je me?'

'Ja, ik hoor je, Zinat.'

'Of de meisjes. Luister je, Fagri? En de wind. Ik bedoel Mahboeb. Of de jongens die zijn gevlucht. En die Christina. Zeg, wat gebeurde er daarna? Ik snap nog niet dat...'

Fagrimoloek blijft even bij de molen staan en geeft hem een tik. De wieken van de molen beginnen te draaien. Ze doet het licht uit.

Een nacht

Als je uit je land vlucht, snijd je je wortels af. Dan neemt de wind je mee, soms hier-, soms daarnaartoe, soms naar een opvangcentrum. Ik moest gewoon ergens slapen, eventjes rust hebben.

'Kom je hier wonen?' vroeg een jonge vrouw, die voor de deur van het opvangcentrum stond.
'Als het kan,' zei ik.
'Ik woon hier ook. Ik ben de enige vrouw die hier woont.'
Ze had een lief gezicht en kauwde losjes op een kauwgompje.
'Het is vijf uur. Het is al laat, maar... Je moet je daar melden, daar bij die kamer,' zei ze.

Ik klopte op de deur van het kantoor.
'Kom binnen!' zei een vrouw.
Ik deed de deur open. Er stond een jonge vrouw met donkere ogen en roodbruin gestifte lippen.
'Moet ik me hier melden?'
Ik voelde me direct tot haar aangetrokken. Er begon iets warms in mijn lichaam te circuleren.
'Ja, dat kan, maar de directeur is er niet. Hij moest weg. Misschien komt hij terug, misschien niet,' zei ze.
Ik heb haar eerder gezien, dacht ik. Ik zocht in mijn herinnering.
'Mag ik je papieren zien?' vroeg ze.
Waarom komt dit gezicht me zo bekend voor, dacht ik. Ik heb die roodbruine lippen ergens gekust.

'Ik kan je niet helpen,' verklaarde ze, 'ik zei je toch dat de directeur er niet is. Ik werk hier als een... hoe noem je dat... een medewerkster... een serveerster.'

Zij gaf mijn papieren terug en dacht na.

'...Maar hoe lang denk je hier te blijven?' vroeg ze toen.

'Eén nacht,' zei ik.

Ze keek mij nadenkend aan.

'Oké. Ik regel het wel. Als de directeur terugkomt, zal ik hem waarschuwen, als hij niet meer komt, is de nacht al voorbij.'

Ik ging met kloppend hart de kamer uit.

'Blijf je hier... ja?' vroeg de jonge vrouw die net voor de deur stond.

'Ja. Ik blijf hier.'

'Komt de baas niet terug? Nee?'

'Nee. Ik denk het niet.'

'Hoe lang wil je blijven?'

'Eén nacht.'

'Maar één nacht?' vroeg ze nadenkend.

Ik ging met haar mee naar de woonkamer. Er zaten mannen aan de ronde tafeltjes te roken, te kaarten, te puzzelen en televisie te kijken.

'Een nieuwe,' zei ze tegen de anderen.

De mannen keken naar mij. Ik zocht een plaats, maar er was geen stoel vrij.

'Geeft niks. We gaan handen wassen, straks is het etenstijd.'

'Woon je al lang in Nederland?' vroeg ze terwijl we onze handen wasten.

'Nee, niet zo lang.'

'Ben je weggelopen? Heb je thuis ruzie gemaakt?' vroeg ze.

'Ja... Nee... Wat bedoel je?'

Zij bleef denken en zei niks. Ik keek naar haar lieve gezicht en dacht, waarom vraagt ze zoveel?

'Ben je aan de drank?' vroeg ze weer.
'Nee. Hoezo?'
'Rook je veel?'
'Nee. Niet zoveel.'
'Waarom ben je dan hier?'

Juist. Waarom was ik hier? Ik wist het zelf ook niet. Ik was onrustig. Mijn verleden liet me niet los. Ik kon niet meer thuis blijven. Ik kon de anderen niet meer verdragen. Ik moest weg.

Ik had geen antwoord voor haar.
    Zij leunde een beetje naar voren en met een geheimzinnige stem zei ze: 'Mag ik je iets vertellen?'
    'Ja, dat mag.'
    'Ik zit er vol van, snap je?'
    'Nee... Ja. Ik snap je.'
    'Ik wil een geheim aan jou vertellen,' zei ze vol spanning.
    'Een geheim? Aan mij?'
    'Kijk! Ik ben verliefd geworden. Ik heb een vriend gevonden, hier in dit huis. Het is een geheim. Snap je?'
    'Waarom is het een geheim?'
    'Hij is getrouwd. Hij heeft kinderen. Hij is met ruzie van zijn vrouw weggelopen.'

Zij was eindelijk haar geheim aan iemand kwijt. Er was geen spanning meer op haar gezicht te lezen. Even opluchting. Ze lachte en kauwde weer losjes op haar kauwgompje.
    'Leuk hè, nee... niet leuk?' vroeg ze afwachtend.
    Wat moest ik zeggen? Wat moest ik doen? Ik dacht eventjes na. Daarna keek ik naar haar vragende ogen. Ik legde mijn hand op haar schouder.
    'Ja, leuk, erg leuk,' zei ik.
    Zij lachte weer.
    Opeens hield ze op met lachen en zei: 'Maar het is pijnlijk hoor.'

'Waarom pijnlijk?'
'Ieder moment kan hij teruggaan naar zijn vrouw.'
Er klonken voetstappen in de gang.
'Hij komt, Bert komt. Ik ga,' zei ze.
'Hoe heet jij?' vroeg ik snel.
'Jolanda,' zei ze gauw.
Ik keek naar de man, naar Bert. Een man die even lang was als ik en er even oud uitzag.

Wij zaten allemaal in de eetzaal. Tien mannen aan elke tafel. Bert zat tegenover mij. Hij keek eventjes in mijn ogen. Ik keek naar mijn bord, mijn bord met een afbeelding van een roodlippige vrouw.
Iedereen wachtte op de serveerster. Zij kwam met een kar vol eten. Mijn blik volgde haar.
'De baas is er niet, Willemien is de baas,' riep een oude man die naast me zat. De mannen lachten. Willemien gaf iedereen een paar aardappelen, een stuk vlees en wat groente.
Toen ze bij mij kwam, wist zij dat ik naar haar keek en toen ze verderging, wist ze dat mijn blik haar volgde.
Ik prikte met mijn vork in een aardappeltje.
'Wachten! Niet eten!' zei Bert met zijn ogen.
Ik moest wachten tot er gebeden was.
'Even stil zijn!' zei Willemien.
Iedereen deed de ogen dicht, maar ik keek naar haar.

In de woonkamer rookten de mannen en wachtten op de laatste koffie. Het was bijna negen uur. Ik zat bij het raam en Bert zat tegenover mij. Buiten was het koud. Je kon het door het raam heen voelen.
'Sigaret?' vroeg Bert aan mij.
Ik kreeg een sigaretje van hem.
'Blijf je maar één nacht?' vroeg hij, toen hij me vuur gaf.
'Ja,' zei ik.

Willemien kwam lachend met het koffiekarretje binnen.

'Vannacht is Willemien de baas,' riep de oude man weer.

De mannen lachten slaperig.

'En ik ga rustig slapen,' maakte de oude man zacht zijn zinnetje af.

Willemien deelde de kopjes rond en schonk ze lachend voor iedereen vol.

Jolanda leunde met wachtende ogen tegen de deur. Bert rookte en blies de rook naar haar toe. Zij keek eerst naar hem en toen naar mij. Haar ogen verraadden haar. Ze vertelden dat er iets stond te gebeuren.

De mannen gingen één voor één naar boven, naar bed. Er was niemand meer. Jolanda stond ook niet meer bij de deur, alleen Willemien was bezig met opruimen.

Ik zat aan het raam en zij wist dat ik nog steeds naar haar keek.

Zij hield op met opruimen.

'Waarom kijk je zo naar mij,' vroeg ze met een glimlach.

Haar vraag kwam onverwacht. Juist, waarom keek ik naar haar? Hoe kon ik het uitleggen? Moest ik zeggen dat ik op het eerste gezicht verliefd op haar was geworden? Nee, het lag toch iets dieper.

Ik bedacht dat het maar het beste was om eerlijk te zijn.

'Toen ik je zag, dacht ik dat ik je eerder gezien had,' zei ik.

'O, nee!' zei ze lachend.

'Je ogen, je lippen komen me zo bekend voor dat ik...'

'O... jaaaaa!' lachte ze weer.

Op dat moment kwam Jolanda binnen. Willemien hield op met lachen en ging weg.

'Iedereen is naar bed. Ga je niet slapen?' vroeg Jolanda aan mij.

'Ja. Ik ga zo.'

Ik bleef, in gedachten verzonken, alleen achter in de woonkamer. Buiten op straat maakten mensen ruzie. Een man en een vrouw. Ik keek door het raam naar buiten.

'Blijf! Blijf bij mij,' zei de jonge man.

Haar hakken klikten, ze rende weg.

'Blijf bij mij,' riep de man.

Ik herinnerde me een oosters liedje: 'Ba man beman emshab. Man be to ehtijadj daram. Beman ba man.' (Vannacht wil ik je bij mij hebben. Ik heb je nodig, blijf bij mij...)

Het werd weer stil buiten. Ik moest naar bed. Toen ik opstond, kwam Willemien weer terug.

'Ga je naar bed?' vroeg ze.

'Dat moet,' zei ik.

'Weet je waar je moet slapen?' vroeg ze.

'Nee, nog niet.'

'Je slaapt boven bij Bert op de kamer.'

Voor de deur bleef ze stilstaan en liet me haar rustig bekijken.

'Welterusten,' zei ik kalm.

'Welterusten,' zei ze, terwijl ze naar mij bleef kijken.

Boven op de gang was het stil, alle deuren waren dicht. Ik zocht naar Berts kamer.

'Hier! Kom maar!' fluisterde hij.

Ik ging naar binnen. Hij zat op zijn bed en rookte in het donker.

Ik ging op het bed zitten dat voor mij bestemd was. Het rook erg naar alcohol.

'Wie heeft hier geslapen?' vroeg ik.

'Die oude man die in de eetzaal naast je zat.'

'O, die man?'

'Ja, hij was hele nachten wakker. De hele week wakker. Hij kon niet slapen. Hij zat op zijn bed en keek als een uil naar de deur.'

'Waarom kon hij niet slapen?'

'Weet ik veel.'

Ik dacht na over die oude man. Bert onderbrak mijn gedachten.
'Een sigaretje misschien?'
'Doe maar.'
Ik kreeg een sigaretje van hem. Hij gaf me een vuurtje. Zijn handen trilden. Ik wilde in zijn ogen kijken, maar hij keek niet naar mij.

Ik lag in bed. Net als andere nachten kon ik niet slapen. De donkere warme ogen van Willemien hadden langzaam de herinneringen teruggebracht. Ik dacht aan de vrouw in mijn land van wie ik hield. De laatste jaren had ik niet geleefd, niet genoten, niet gezien, alleen gevochten met een dictatoriaal regime. Ik had alleen arrestaties en dood gezien, vermoorde vrienden en kameraden, van wie ik hield.

Ik wist niet hoe ver weg mijn gedachten waren, toen ik iemand in de gang hoorde. Bert bewoog onrustig in zijn bed. Eventjes was het doodstil maar even later hoorde ik weer luide voetstappen in de gang.
Iemand stond achter de deur van onze kamer. De deur zwaaide zachtjes krakend open.
Er verscheen een vrouw. Ze bleef even stil en riep toen zacht: 'Hé... sss... Hé!'
Haar gezicht kon ik niet zo goed zien, maar toch herkende ik Jolanda.
'Kom eventjes,' zei ze.
Ik keek naar Bert. Hij lag stil.
'Kom maar,' riep ze weer.
Ik dacht dat Bert sliep en wilde hem wakker maken. Ik stapte mijn bed uit.
'Kom maar!' fluisterde Jolanda.
'Ikke?' vroeg ik verbaasd.
'Ja. Kom maar.'

Weifelend ging ik naar haar toe.

'Wat is er?'

'Kijk... Kijk,' fluisterde ze, 'het kan misschien maar één keer gebeuren, één nacht. Snap je?'

Ik snapte het niet. Ik was zo slaperig, zo dromerig, dat ik het niet kon snappen.

'Mijn kamertje is beneden. Daar kan het niet. Snap je?' zei ze met haar trillende stem.

'Nee. Ik snap het niet.'

'We gaan samen slapen. Snap je? Ik met Bert.'

Ik keek naar haar ogen die in het donker brandden.

'Hij heeft me nodig. Het kan misschien maar één keer gebeuren. Eén nacht. Snap je?'

'Ja. Ik snap het. Kom maar binnen. Ik ga meteen naar buiten.'

Ineens omhelsde ze me en drukte haar trillende, warme lippen op mijn wang.

Ik ging de gang in en liep naar het raam.

Er was niemand op straat. Ver weg klonk rustige muziek.

Ik stond daar naar buiten te kijken, te denken. Als je vlucht, vlucht je alleen weg van het gevaar en denk je nergens aan. Zodra je een veilige plaats vindt, merk je dat je alles kwijt bent. Dan beginnen de nachtmerries en grijpt je verleden je vast. Je zit zo in de knoop dat je de zin in het leven kwijtraakt. Je verliest je gevoel voor liefde en je vergeet dat je in je eigen land van een vrouw hield, een vrouw met donkere warme ogen en roodbruine lippen als Perzische kersen.

Buiten klonken weer de hakken. De vrouwelijke hakken die ik eerder op straat gehoord had. Ik deed voorzichtig het raam open. De vrouw die was weggelopen, kwam nu terug. Ze ging langzaam naar de man die nog steeds op haar wachtte.

De man spreidde zijn armen en zij legde haar hoofd op zijn borst.

Ik neuriede het oosterse liedje: 'Ba man beman. Aker bemani man aram gaham gabid.' (Blijf bij mij, als je blijft kan ik rustig slapen.)

De muziek kwam nog steeds van ver. Ik dacht, Jolanda en Bert hebben tenminste één nacht met elkaar geslapen, één nacht die misschien nooit herhaald kan worden. Zo is het leven.
De vrouw van wie ik in mijn land hield, kon ook één keer, één nacht bij mij komen. Die nacht was de eerste en de laatste keer dat ze bij mij was en daarna konden we elkaar nooit meer zien.
Soms kan een nacht zo lang zijn als het leven en soms zo kort als een klap.
Als ik het kan, zal ik morgen aan Jolanda vragen hoe lang het voor haar was.
'Kun je niet slapen?' fluisterde een vrouw achter mij.
Ik keek om, het was Willemien.
'Heb je gehuild?' vroeg ze met haar zorgzame ogen.
'Ik? Huilen?'
Ik veegde over mijn ogen met de rug van mijn hand.
Willemien kwam naast me staan. De rustige muziek klonk nog steeds in de straat.

September 1991

De witte schepen

Ik heb niet zoveel boeken in mijn boekenkast. Ik heb er ook geen behoefte aan. Vroeger in mijn eigen land had ik kasten vol boeken. Ik moest ze achterlaten, zoals zoveel.

In mijn boekenkast staat nu alleen een bundel van een Nederlandse dichter die mijn favoriet is en een bundel van een middeleeuwse Perzische dichter.

Ook heb ik nog een ander boek bij me, een zakboekje, een 'heilig boek'. Dat was van mijn vader. Hij was vorige maand bij mij op bezoek en toen hij terugging, heeft hij het boek in mijn boekenkast achtergelaten.

Het boek heeft een oude, leren band en ruikt naar mijn land, mijn ouderlijk huis, naar de laatste keer dat ik de grijze haren van mijn moeder rook.

Mijn vader heeft dit boek zijn leven lang in zijn bezit gehad. Op het achterste schutblad heeft hij alle belangrijke gebeurtenissen in zijn leven opgeschreven.

Ik heb een paar keer geprobeerd zijn aantekeningen te lezen, maar het is een geheimschrift dat ik niet kan ontcijferen. Van een aantal kan ik door de data te bestuderen vermoeden waarop ze betrekking hebben, bijvoorbeeld: de dag dat mijn vader getrouwd is, ik geboren ben, en de dag dat ik mijn diploma heb gehaald. De dag van de revolutie. De avond dat mijn broer in huis gearresteerd is en de nacht dat we hem in het geheim in het bergland hebben begraven. De nacht dat ik uit mijn land moest vluchten en de dag van ons weerzien hier.

Op de laatste regel heeft hij met een vulpen, met trillende hand,

in onze eigen jaartelling geschreven: Holland, ik neem afscheid.
 Op die avond bracht ik mijn vader, mijn oude, lieve vader, naar Schiphol. Hij vloog in een wit vliegtuig van de KLM.
 Ik voelde me leeg toen ik thuiskwam. Ik had hetzelfde lege gevoel al eens eerder gehad. Toen ik uit mijn land vluchtte, op het moment dat ik de grens passeerde, had ik precies hetzelfde gevoel. Ik keek naar mijn handen, ze waren leeg, heel erg leeg.

De laatste keer dat ik mijn vader had gezien, was vijf jaar geleden, de nacht dat ik mijn land moest verlaten. Ik woonde toen op een geheim adres in de hoofdstad en moest via de westelijke grens het land uit. Ik zou met een vrachtwagen vervoerd worden. Mijn geboortestad lag op de route. Ik kon niet weggaan zonder afscheid te nemen van mijn ouders; als ze later zouden horen dat ik het land uit was, zouden ze het zeker niet geloven.
 Ikzelf had het gevoel dat, als ik nu geen afscheid zou nemen, ik hen misschien nooit meer terug zou zien, maar het was gevaarlijk en niet zoals afgesproken met de vrachtwagenchauffeur.
 Toen de vrachtwagen door mijn stad reed en westwaarts ging, dacht ik, ach, ik zie ze nooit meer.
 'Mag ik, mag ik even... eventjes maar... naar huis gaan?' vroeg ik met schaamte aan de chauffeur, die ook mijn begeleider op de vlucht was.
 Dat was een uitzonderlijke vraag voor hem. Hij parkeerde de vrachtwagen aan de kant en keek in het donker naar mij. Er viel even een diepe stilte.
 Alles hing van zijn antwoord af.
 Ineens drukte hij de richtingaanwijzer naar beneden en keerde de wagen richting stad.
 Het was drie voor tien, 13 bahman 1365 en de westerse wereld had haar kerstfeest gevierd.
 De stad sliep onder een dikke laag sneeuw aan de voet van de bergen. Er was niemand op straat. Hier en daar zwierven honden door de straten.

We reden de wijk van mijn ouderlijk huis in en parkeerden de vrachtwagen ergens onder de oude bomen waar ook een dikke laag sneeuw op lag.

'Gauw!' zei mijn begeleider en deed de lichten van de auto uit.

Ik stapte uit en liep langs de hoge muren naar huis. Alle gordijnen waren dicht en de lichten bij de meeste buren waren uit.

De gordijnen van ons huis waren ook gesloten, maar er scheen een geel schijnsel tussen de gordijnen door naar buiten.

Ik sloop voorzichtig naar de deur, ademde diep en klopte zachtjes aan. Een hoekje van het gordijn werd een beetje opzij geschoven en het gezicht van mijn moeder werd zichtbaar. Zij keek even naar buiten, maar kon niets zien. Tegelijkertijd hoorde ik de voetstappen van mijn vader op de trap. Hij deed de deur open en stak zijn hoofd naar buiten. Ik duwde hem voorzichtig naar binnen en zei zacht: 'Hallo vader, ik ben het.'

'Wie is daar, vader?' riep mijn moeder.

'Rustig vrouw! Hij is er,' riep mijn vader zachtjes.

Mijn moeder stond boven aan de trap. Ik rende stilletjes naar haar toe. Zij opende haar armen. Ik omhelsde haar en legde mijn gezicht op haar hoofd en snoof de geur van haar grijze haren op.

'Ik moet weg, het land...'

Ze liet mij los.

'Ik moet afscheid van jullie nemen.'

Mijn vader keek zó naar mij dat ik dacht: dit is de laatste ontmoeting, hij gaat dood en ik zie hem nooit meer.

Vijf jaren gingen voorbij, vijf moeilijke jaren. Mijn vader leefde nog.

'Als je op iemand blijft wachten, ga je niet dood,' zei hij op Schiphol toen hij hier aankwam.

Mijn vader arriveerde met een opgerold Perzisch tapijt onder zijn linkerarm.

Hij had een lange jas aan en droeg een hoed, een grote, zwarte borsalino. Vroeger droeg hij nooit een hoed. Ik begreep niet hoe hij aan die hoed kwam. Ik herkende hem aan zijn jas. Die dikke, grijze jas kende ik nog uit mijn jeugd.

Ik zag hem ineens met die hoed te midden van de andere passagiers te voorschijn komen. Hij keek verbaasd maar beheerst naar de westerse wereld. Plotseling zag hij me tussen de wachtende menigte.

Wat moest ik doen? Niets bijzonders. Ik hoefde mijn gevoelens niet in te houden. Ik rende naar hem toe en omhelsde hem. Het tapijt viel op de grond en we huilden voor de eerste keer in elkaars armen.

De andere mensen bekeken ons met verbazing terwijl wij de oude tranen op de stenen vloer van Schiphol lieten vallen.

Mijn vader was er, het was feest bij ons. Er waren cadeautjes voor de kinderen, er was snoep uit mijn vaderland. Mijn moeder had zelfgemaakte kleren voor haar kleinkinderen meegegeven. We huilden en lachten, terwijl de kinderen ons vragend aankeken.

Het was de eerste, echte vakantie voor mijn vader en ook zijn eerste reis naar de westerse wereld.

Ik had mijn studeerkamer voor hem klaargemaakt, een bed met een nieuw en veelkleurig laken onder het raam gezet.

Ik deed het raam voor hem open. Er waaide frisse lucht naar binnen. Hij ademde diep in en keek naar buiten. Het was net donker, maar je kon nog de boerderijen, de oude dijk, de rivier, de ophaalbrug die nu openstond en een wit schip dat wegvoer onderscheiden.

'Jij woont dus hier,' zei mijn vader terwijl hij naar buiten staarde.

Ik deed het raam dicht en draaide de radiator aan. Ik was bang dat hij verkouden zou worden.

Hij keek rond in mijn studeerkamer.

'Dus je hebt hier ook een hoekje voor jezelf gemaakt,' zei hij met een vriendelijke stem, die ik vroeger nooit van hem gehoord had.

Ik had een oude foto van mijn moeder, de enige die ik had, aan de muur gehangen. Hij keek ernaar en een vage glimlach verscheen op zijn oude lippen.

'O, jij hebt die foto ook!'

'Ik had geen foto van u, vader,' zei ik.

Hij keek naar mijn boekenkast.

'Jij hebt hier niet zoveel boeken!'

'Komt wel, vader.'

Hij was moe.

'Wilt u rusten?'

Nadenkend haalde hij het heilige boek uit zijn binnenzak en ging op het bed zitten.

Ik liep weg en deed de deur zachtjes dicht.

Ik wilde alles goed voor hem regelen. Volgens zijn geloof moest hij voor zonsopgang wakker worden, zich wassen en bidden.

Hij zei niets, maar ik wist dat hij de eerste nacht problemen zou krijgen. 's Nachts, zodra ik hoorde dat hij wakker was, ging ik naar hem toe.

Hij stond voor de deur van mijn studeerkamer, bang om het licht aan te doen en ons wakker te maken.

'Hallo, vader,' zei ik en deed het licht voor hem aan.

'Ben je wakker?' vroeg hij verbaasd.

'Ja, net als vroeger, vader.'

Vroeger in mijn ouderlijk huis ging het ook zo. Zodra ik hoorde dat hij wakker was, stond ik ook op en ging me voor het bidden wassen.

'Wilt u een douche nemen?'

'Ach, dat zou lekker zijn, jongen.'

Ik maakte alles voor hem klaar, nam hem mee naar de badkamer en deed de warme douche aan. De stoom vulde snel de badkamer.

Ik aarzelde even, bij hem blijven of hem alleen laten.

'Zal ik u helpen uw kleren uit te doen?'

Er viel heel even een stilte. Ik wachtte niet op zijn antwoord, trok voorzichtig zijn borstrok uit en hielp hem achter het plastic gordijn van de douche.

'Zal ik uw rug wassen?'

Ik pakte een stuk zeep en een washandje en masseerde de rug van mijn vader. Ik had het bijna zeventien jaar niet gedaan.

'Ach, wat een sterke handen heb je, jongen.'

Vroeger als ik de rug van mijn vader waste, zei ik tegen mijzelf: kijk wat een stevige schouders mijn vader heeft. Maar nu had ik de magere schouders van een kleine, oude man onder mijn handen.

Hij droogde zich af en deed zijn kleren aan. Ik maakte een plaats in de kamer voor hem klaar en hij ging bidden.

Ik had eigenlijk nooit de kans gehad om gezellig bij mijn ouders te zitten en als een volwassene met hen te praten. Er bestond altijd een grote afstand tussen ons en speciaal tussen mij en mijn vader. Toen ik naar de hoofdstad ging om te studeren, werd die afstand nog groter omdat ik daar kennis maakte met ideeën die totaal tegen het geloof van mijn vader ingingen. Vervolgens kwam de revolutie en kreeg een ander regime de macht in handen, gevolgd door arrestaties, dood en verderf, waarvoor ik moest vluchten.

Nu was mijn vader bij mij.

Ik had een programma gemaakt. Ik wilde van de mogelijkheden van de stad gebruik maken om hem wat van de westerse wereld te laten zien. Ik dacht dat het leuk zou zijn als we samen door de weilanden zouden wandelen en misschien een boerderij zouden bezoeken. Ik wilde over de oude dijk fietsen en hem de typisch Nederlandse ophaalbruggen laten zien. Langs de rivier lopen en de grote schepen voorbij zien varen. Door de winkelpromenade wandelen en nog veel meer.

De eerste dag gingen wij samen naar de school van mijn dochtertje. Daar was een soort tentoonstelling ingericht waar de ouders de resultaten van de handenarbeid van hun kinderen mochten bekijken.

Het was druk binnen. Alle werkstukjes hingen in de gang. De kinderen kwamen uit de lokalen en namen hun ouders mee om hun werk te laten zien.

Mijn dochtertje wees een klein tapijtje aan en zei dat ze het zelf gemaakt had.

Mijn vader bekeek het aandachtig, toen draaide hij zich om naar mij en zei: 'Hoe kan dat nou?'

'Wat bedoelt u?'

'Kijk! Zij heeft een tapijtje geknoopt. Waar heeft ze dat geleerd?'

Ik moest het opnieuw bekijken. Mijn vader had gelijk, zij had een mooi klein tapijtje geknoopt. Ik begreep niet hoe ze het had gedaan. Zij was pas zeven en we hadden het haar niet geleerd.

Pas later bedacht ik dat ze het van mijn vader zelf geleerd kon hebben. Toen ik mijn land uit moest, was ze met haar moeder anderhalf jaar bij mijn ouders blijven wonen. Mijn vader had haar vaak mee naar zijn winkel genomen. Ze had het waarschijnlijk daar gezien en ergens diep in haar geheugen weggestopt.

Mijn vader was tapijtknoper.

Hij maakte de mooiste tapijten van de stad. De tapijten die hij maakte, waren als schilderijen, een landschap van de besneeuwde bergen van de stad, een man met een lange, grijze baard, koeien die aan het grazen waren en nog veel meer.

Hij was door zijn werk bekend in de hele stad, maar hij wilde niemand van ons het vak leren.

'Tapijtknopen is slopend werk. Je moet in iedere knoop iets van je ziel leggen tot het tapijt een eigen ziel krijgt. Je takelt zelf af terwijl de losse draden tapijten vormen.'

Toen ik klein was, nam mijn vader me nooit mee naar zijn winkel. Als ik er soms naartoe moest, ontving hij mij aan de deur en stuurde me snel terug naar huis.

Tot ik een keer naar de winkel ging en hij toevallig niet aanwezig was. Ik ging naar binnen en ineens zag ik een half afgemaakt tapijt waarvan het patroon werd gevormd door vogels. Tot dat moment had ik nooit gezien wat voor soort tapijten mijn vader maakte. Ik pakte een zwarte draad en probeerde een van de vogels af te maken. Opeens brandde mijn rechteroor, mijn vader tilde me aan mijn oor op en riep: 'Laat dat! Ik wil niet dat je dat voor mij doet.'

Mijn vader wilde niet dat wij tapijten leerden knopen, maar nu had zijn kleindochter hem in 'het vreemde Westen' verrast.

'We kunnen ons lot niet ontlopen, het stroomt mee in ons bloed,' zei hij, toen we van de school naar huis liepen.

In zijn jeugd heeft hij als schaapherder gewerkt. Ik dacht dat het leuk voor hem zou zijn als ik hem 'de Nederlandse koeien' zou laten zien.

Daarom maakte ik twee fietsen gereed om de koeien te gaan bekijken.

We fietsten over de rustige fietspaden langs de weilanden.

Ik liet mijn vader voor mij uit fietsen, want ik was bang dat het de laatste keer zou zijn dat ik hem zag. Ik bedacht dat hij snel weer weg zou gaan en ik hem waarschijnlijk nooit meer zou zien.

Ik probeerde hem van alle kanten goed te bekijken. Ik wilde mijn geheugen vol zuigen met zijn beeld, zodat ik me hem later goed voor de geest zou kunnen halen.

Ik voelde me alsof ik afscheid moest nemen van mijn vader aan het sterfbed.

Ik had dat gevoel niet zomaar, ik dacht dat het door zijn manier van kijken kwam. Hij bleef soms zo naar mij staren dat ik dacht: hij is al weg, kijk, hij is verdwenen.

We fietsten naar de rivier, naar de ophaalbrug. Ik wilde over de oude dijk gaan en daar de grazende koeien aan hem laten zien.

We kwamen op het juiste moment bij de brug. Mijn vader kon het opengaan van de brug zien. De bel ging, de rode slagboom kwam naar beneden en de brug ging langzaam omhoog.

Een paar volgeladen schepen voeren voorbij. Daarna passeerde ons nog een groot, wit passagiersschip. Op het dek zat een groep oude mannen, een aantal op elkaar lijkende bejaarden. Ze droegen allemaal, net als mijn vader, een grote, zwarte hoed en hadden een lange jas aan. Mijn vader zag hen niet, maar een van hen zag mijn vader. Hij riep de anderen en wees naar mijn vader. Ze stonden meteen op en gingen bij het raam staan, namen hun hoed af, zwaaiden ermee en riepen naar hem.

Mijn vader was verbaasd, wist niet wat hij moest doen. Hij verplaatste de fiets onhandig naar zijn linkerhand, nam zijn hoed af en zwaaide terug.

De brug kwam naar beneden, de rode slagboom ging weer omhoog, de bel ging en we staken de brug over.

'Wie waren dat?'

'Ik weet het niet.'

'Waar kwamen ze vandaan?'

'Ik weet het niet.'

'Waar gingen ze naartoe?'

'Ik weet het echt niet.'

Hij draaide zich een paar keer om en keek naar het witte schip dat wegvoer, naar de mannen die nog steeds met hun hoed naar ons zwaaiden en geleidelijk uit het zicht verdwenen.

We fietsten de oude dijk over, maar er waren geen koeien te zien, ze stonden allemaal binnen. Ik wist dat aan het eind van de dijk een boerderij stond. Ik dacht dat we daar langs zouden kunnen fietsen en zouden kunnen vragen of we misschien even binnen mochten kijken.

Een grote kuil met voer, overdekt met zwart plastic, lag naast de boerderij. Twee tractoren stonden op het erf naast een grote voersilo. Ik hoopte dat er iemand buiten zou zijn zodat ik niet naar binnen hoefde, maar er was niemand te zien. Op het moment dat ik stond te twijfelen of ik naar binnen zou gaan of zou wachten, hoorde ik geblaf. Een vrouw deed een raam open, stak haar grijze hoofd naar buiten en keek vragend naar mij.

'Goedemiddag!' riep ik.

Ze wachtte op wat ik nog meer zou gaan zeggen.

'Kunnen we even naar binnen, ik bedoel...'

Ik kon begrijpen dat ze zo verbaasd naar me keek.

'Ik bedoel, mijn vader is bij mij op bezoek... en er zijn geen koeien in de weilanden, ik wilde...'

'Ik begrijp je niet... Wacht even!'

Zij ging bij het raam vandaan en riep iemand.

De deur ging open en een hond rende blaffend naar buiten.

'Kom hier!' riep een oude man. De hond draaide zich om en ging naar zijn baas. De oude man had een lange dikke jas aan, een pet op en rookte een sigaar.

'Wat is er?'

'Niks bijzonders, meneer. Mijn vader is bij mij op bezoek. In mijn land zijn de Nederlandse koeien bekend. Ik dacht dat het leuk zou zijn als ik hem die koeien kon laten zien. Zouden we even in de stallen mogen kijken?'

De boer krabde zich achter zijn linkeroor, nam een flinke trek van zijn sigaar en keek vragend naar de vrouw bij het raam. Ik vertelde mijn vader wat ik de boer had gevraagd.

'In welke taal praten jullie?' vroeg de boer met een fronsend gezicht.

'In het Perzisch.'

'Perzisch? Wat is dat voor een taal?'

'Kent u die niet? Kent u misschien wel Perzische tapijten?'

'O, ja, Perzisch... Goed, nou, wat wil je van mij? Wat kan ik voor je...?'

'Gewoon... als het kan, laat u mijn vader even de stallen zien.'

De boer bekeek mijn vader van top tot teen en het leek alsof hij hem nu pas zag.

'Kom, kom... kijken!' zei hij met een gebaar tegen mijn vader, maar ik voelde dat we niet welkom waren.

De boer liep aarzelend naar de stal, deed de deur half open en liet ons binnen. De hond bleef waken voor de deur.

Het was donker binnen en er was niets te zien. Ik zag alleen de vage silhouetten van de koeien. Het was stil in de stal, maar toen één koe loeide, begonnen ze plotseling allemaal. Het leek alsof ze doorhadden dat we vreemdelingen waren. De boer deed het licht aan. Ik zag tientallen koeien die met grote glanzende ogen naar ons keken.

We bekeken de koeien van grote afstand. Ik voelde me niet op mijn gemak. De boer behandelde ons nogal koel. Waarschijnlijk begreep hij onze bedoelingen niet.

Pas na een paar minuten brak het ijs.

'Je vader komt dus uit het land van de vliegende tapijten,' zei hij met een vage lach op zijn gezicht.

Mijn vader keek naar mij. Ik vertaalde het voor hem.

'Ja, ja,' knikte mijn vader, 'ik ben zelf een tapijtknoper,' zei hij lachend.

'Ja? Echt waar?' zei de boer met een vriendelijke stem. Hij deed met zijn hand een vliegend tapijt na en riep lachend: 'Je maakt dus die...?'

De stemming werd vrolijk. De boer inhaleerde de rook van zijn sigaar en liep naar de koeien, maakte een grote los en duwde haar naar mijn vader. De koe liep moeilijk, zij had veel gegeten, haar buik stak aan alle kanten uit en haar volle vochtige uiers lekten.

'Zie je... grote koe... nietwaar?' zei de boer luid, terwijl hij druk tegen mijn vader gebaarde.

Wat een koe! zei mijn vader met zijn ogen naar mij.

'Wil je haar hebben?' riep de boer lachend. 'Jij... geeft me een tapijt! ...Ikke geef je die koe.'

'Ik geef je wel een tapijt, maar ik kan de koe niet meenemen.'

'Waarom niet? O, ja... vliegtuig... die koe, mijn koe in een vliegtuig, nee, dat kan niet,' zei hij en lachte luid.

'Hoeveel koeien hebt u?' vroeg mijn vader.

'Kom! Ik laat je ze zien,' zei de boer en nam mijn vader mee.

Ze gingen naar het einde van de stal. Ze probeerden met gebarentaal elkaar te begrijpen.

Ik bleef naar hen kijken tot ze in het donker waren verdwenen.

Toen keek ik door het raampje van de stal naar buiten, de rivier stroomde. De lucht was bewolkt en een groep vogels vloog langzaam weg. Wie had kunnen dromen dat ik ooit in dit land zou wonen. Ik kende dit land niet. Ik ben uitgekozen om hier te komen. Tot hoe ver kunnen we de paden van ons leven zelf kiezen?

Het duurde even voor de boer en mijn vader weer in het licht traden.

'Goed, nou, krijg ik een tapijt van jou, of niet,' zei de boer lachend tegen mijn vader.

'Je krijgt het. Ik beloof het je. Ik stuur je een tapijt met een patroon vol vogels. Ik stuur het je.'

Ik weet dat ik binnenkort van iemand – van wie – een pakketje zal krijgen. Er zal een briefje bij zitten waarop zal staan voor wie het tapijt dat erin zit bestemd is. Ik weet dat ik een dezer dagen met een Perzisch tapijt achter op mijn fiets over de oude dijk naar de boerderij zal gaan.

We gingen vaak met elkaar wandelen en ik liet hem de gewone dingen van het Nederlandse leven zien: kinderen die op de bevroren grachten schaatsten, hardlopers die brandende lampjes om hun rechterarm droegen, serieuze huisvrouwen die 's ochtends om halfnegen met koud weer op de tennisbanen bezweet de gele ballen sloegen. Een reclamebord van een seksclub met een afbeelding van twee mannen die vrijden, voor de supermarkt. Vrouwen die met moeite volle karretjes drank, nootjes, chips, chocolaatjes, biertjes en een *Libelle* van de supermarkt naar de auto's brachten en jongens met oorbelletjes die rookten en tussen de dijen een meisje hadden en dat meisje kusten.

's Avonds bleven we meestal thuis. Als we met z'n tweeën waren, kon ik me niet redden. We waren gauw uitgepraat. Vroeger had ik ook nooit zomaar met mijn vader gepraat, ik praatte alleen met hem als ik iets moest doorgeven, of als hij me wat vroeg.

Die avond waren we weer met z'n tweeën en ik probeerde het gesprek op gang te houden. Ik praatte over het Nederlandse weer, maar dat hield gauw op. Ik probeerde over grachten, nieuwe dijken, schepen, mannen, vrouwen en over van alles en nog wat te praten, maar ik voelde dat het niet goed ging. Ineens hoorde ik een hard getrommel. Dat geluid redde me, buiten werd carnaval gevierd.

'Zullen we naar buiten gaan? Het is carnaval.'

'Wat voor soort carnaval is het?' vroeg mijn vader.

'Ja, het is... hoe zeg je dat... een christelijk feest, denk ik, een soort optocht, een feest na Driekoningen voor de vasten, hoe zeggen we dat, voor Jezus... of... ik weet het niet, maar het is wel een feest, mensen komen met maskers op naar buiten en doen gekke dingen. Een soort feest waarbij veel gedronken wordt, laten we gaan kijken. Ik weet het zelf niet goed.'

Het geluid van de trommel kwam nu harder de kamer binnen.

We kleedden ons aan en gingen naar buiten.

Daar was het druk, er liepen mensen met vreemde maskers op naar het wijkcentrum. Jongens dronken, dansten en maakten luid grapjes.

Het feest was een verrassing voor mijn vader. Zó zaten we rustig thuis en zó waren we omsingeld door de rare maskers. Het was als een droom, van alle kanten kwam uit het donker iets wonderlijks te voorschijn. Daar vloog een groep meisjes die op vogels leken. Daar langs de lantaarnpalen liepen een paar meisjes lachend onder een grote zwarte doek. Ze stelden een grote koe voor. Midden in de straat vloog boven kleine bomen een tapijt, het zat op een kar vast. Op het tapijt zat een jongen die op een oude man leek. Een paar forse jongens liepen ons voorbij, ze droegen grote maskers van kraaienkoppen, pikzwarte kraaien met grote, lange, stevige snavels. Ik hield mijn vader in de gaten, zag hoe hij verbaasd naar hen keek. Opeens draaiden de kraaien zich om en kwamen recht op ons af. Ze versperden ons de weg en keken met hun enge, akelige ogen naar ons. Een van de kraaien stootte met zijn snavel in mijn gezicht. Ik trok snel mijn hoofd naar achteren. 'Kraai, kraai...' riepen de kraaien dreigend en gingen weg.

Mijn vader keek angstig naar mij.

'Het is gewoon een traditie, ze deden hongerige kraaien na,' zei ik, en probeerde te lachen.

Hij liep nu naast mij. Het wijkcentrum was heel druk. Hier vlogen heksen met bezems. Daar reden boeren op bordkartonnen tractors en overal tussendoor liepen bergen. We keken van het ene rare ding naar het andere. Ineens dook de kraai weer voor ons op. Hij bleef voor ons staan. Hij had een fakkel in zijn hand. Mijn vader duwde me weg, maar de kraai kwam weer voor mij staan. Hij hield de fakkel voor mijn gezicht en keek recht in mijn ogen. Ik rook de brandende fakkel. Mijn hart begon sneller te kloppen. Mijn vader probeerde me naar achteren te trekken, maar ik weerde hem af.

'Ik wil naar huis!' riep mijn vader boos.

En we gingen naar huis terug.

Vanaf mijn kindertijd kraait er een kraai in mijn geheugen. De kraai zit op een hoge muur in het donker en achter hem brandt een fakkel.

Het was donker en we zaten in de woonkamer van ons ouderlijk huis. Er vloog een kraai op de hoge muur van ons huis die luid begon te krassen.

'Een kraai 's avonds? Wat zou dat betekenen?' vroeg mijn vader.

Bij ons is een kraai het symbool voor naderend bezoek, als hij bij je thuis komt en krast, zeg je: 'O, straks komt er iemand bij ons op bezoek.'

'Wie zou er nu nog kunnen komen?' zei mijn moeder en stond op om even de rommel in de kamer op te ruimen.

Mijn vader liep naar het raam en keek naar buiten.

'Kijk! Wat zie ik daar?'

Ik ging naast hem staan. Het was feest buiten – een carnaval – alle buren liepen met fakkels. Ze zongen liedjes, haatliedjes. Het was een oud gebruik, al wel dertienhonderd jaar oud. Het heette het Omarkoshanfeest. Een feest tegen vreemdelingen. Een feest van sjiieten tegen soennieten.

Wij waren sjiieten en sjiieten maakten tijdens het feest een mannelijke pop van oude stof als symbool van Omar. Vervolgens maakten ze er een fakkel van die ze in brand staken om hun haat tegen de soennieten te tonen.

Eeuwen geleden stichtte Omar de soennietengodsdienst en nu nog brandde de haat.

Wij stonden achter het raam en keken naar dat feest van de haat: de mannen zongen en staken de poppen in brand. Kinderen renden met fakkels in de hand achter elkaar aan. Vrouwen stonden bij elkaar en maakten nieuwe poppen.

Het was een straat van vuur en haat. Ineens verscheen een man met een grote snor in de straat. Hij droeg traditionele Koerdenkleding. Zijn snor gaf aan dat hij een soenniet was. Het was alsof iemand hem speciaal voor dat feest naar onze straat gestuurd had.

Wat deed die man in onze straat, wie zocht hij op die vervloekte avond?

Hij bleef even staan om naar de menigte te kijken. Hij was zich nog niet bewust van de val waarin hij terecht was gekomen.

Opeens viel er een stilte: een man, een vreemdeling, een soenniet in onze straat. 'Pak hem!'

De vreemdeling stond daar maar en keek verbaasd naar de mannen die met hun fakkels op hem af kwamen.

'Mijn god! Kijk! Wat doen die mensen...' riep mijn vader en rende naar buiten.

Ik zag niet meer dan vuur, rook en felle bewegingen. Mijn vader ging haastig op de boze mannen af, duwde hen weg en bevrijdde de man. Hij nam de vreemdeling mee naar binnen. Het was een lange, gespierde man. Zijn kleding was gescheurd en zijn zwarte snor was verbrand.

De kraai had gekrast, mijn moeder had thee gezet en nu stond er een bezoeker met vochtige ogen in onze woonkamer.

Hij is nu weg, mijn vader, zo weg dat het lijkt alsof hij er nooit echt is geweest.

De eerste dagen na zijn vertrek had ik meer heimwee dan anders. Ik wilde de thuiskomst van mijn vader meemaken. Ik probeerde me voor te stellen hoe het zou zijn. Hij komt binnen: 'Dag, vrouw! Wat een lange reis was dat. Heb je een kop thee voor mij?'

Hij kan zelf zijn hoed aan de kapstok hangen, maar hij zou hem aan mijn moeder geven en zij zou hem afwezig met haar mouw schoon maken en hem op de kapstok hangen.

Mijn vader gaat op de grond, op zijn eigen plek naast de kachel, op een tapijtje zitten.

Mijn moeder brengt hem verse thee en zegt: 'Ach man, wat een hart van steen heb je, vertel eens, hoe is het met onze jongen.'

Ze gaat niet zitten, blijft staan en mijn vader begint rustig te vertellen.

Wat zou hij verteld hebben?

Ik vraag het me af. Ook ben ik benieuwd naar wat hij zou verzwijgen. Ik ben er zeker van dat hij over een paar dingen niet zal praten. Hij vertelt vast aan niemand dat we in een café zijn geweest.

Ik wilde hem in elk geval naar een café meenemen, maar ik wist niet hoe en durfde er niet met hem over te praten. Zijn geloof verbiedt hem naar een café te gaan. Maar volgens mij zou hij de sensatie van een cafébezoek niet licht vergeten. In ons land bestaan nu geen cafés meer. Er geldt een totaal verbod op alcohol. Vroeger waren de cafés ook niet zo populair. Het waren onreine plaatsen. De eigenaars van de cafés hingen aan de binnenkant een lang, dik gordijn voor de deur en de ramen. Zo kon niemand van buiten naar binnen kijken. Die plaatsen roken naar gebakken saucijsjes, alcohol, salami en sigarettenrook.

Als je 's avonds langs zo'n café liep, zag je niets, maar de kleine lichtjes die tussen de gordijnen door naar buiten straalden, prikkelden je fantasie.

Ik keek door een kier in de gordijnen naar binnen en zag in een dikke sigarettenrook mannen, hoeden en glazen.

Toen wilde ik dolgraag naar binnen, maar ik wist dat het onmogelijk was. Ik kon me voorstellen dat mijn vader ooit net zulke verlangens had gehad, daarom wilde ik hier met hem naar een café.

Het was misschien toeval, maar het zat ons allemaal mee. Ik zou een lezing houden in het literaire café. Ik had die afspraak een week voordat mijn vader kwam gemaakt. Ik zou daar voor het eerst een Nederlands verhaal voorlezen.

'Vader! Ik heb een lezing, wilt u misschien met mij mee?'
'Goed, ik ga mee,' zei hij, alsof het heel gewoon was.
'Maar het is in een café,' zei ik voorzichtig.
'Een lezing in een café?'
'Ja, het is een literair café. Hier is het een traditie, bij ons is het ook hetzelfde. Wij doen het in een theehuis, hier doet men het in een café.'
'Jij bedoelt in zo'n gelegenheid waar allemaal drinkende mannen komen en... en...'
'O, ja, nee, dit is heel anders, hier komen meestal mensen die schrijver zijn, dichter of fotograaf en er wordt ook drank geschonken, maar u kunt daar ook een kop koffie drinken of gewoon een saucijsje eten of wat anders.'

Ik ging niet verder en hoopte dat hij zich niet zou bedenken.

'Wilt u zich misschien verkleden? Ik wacht beneden op u,' zei ik en ging naar beneden.

Ik was bang dat hij me straks zou roepen en zou zeggen: 'Jongen, ga maar in je eentje, ik blijf liever thuis.'

Het duurde lang voor ik zijn zachte voetstappen op de trap hoorde.

'Waar ben je, jongen?'

'Hier vader, buiten, ik wacht op u.'

Ik deed het portier van de auto voor hem open en reed met hem de stad in.

Ik had een speciaal gevoel. Ik weet niet wat belangrijker voor mij was, voor de eerste keer in het Nederlands, in een andere taal, een van mijn verhalen voorlezen, of voor de eerste keer met mijn vader naar een café gaan.

Het was al donker toen we bij het café aankwamen. Buiten rook ik bier, koffie, salami en sigaar. Ik zag door het raam in een mist van sigarettenrook mannen en glazen. We gingen naar binnen, het was vol en er was geen stoel meer vrij.

'Kijk eens wie er is!' riep de kastelein en iedereen keek naar ons.

'Kom maar verder,' zei hij.

Ik hielp mijn vader uit zijn jas. Aan de kapstok was geen plaats meer, ook niet voor zijn hoed, ik was bang dat hij kapot zou gaan.

'U kunt uw hoed wel ophouden,' zei ik tegen hem.

Hij keek om zich heen.

'Komt u hier maar zitten, meneer,' riep de kastelein en wees naar een krukje in de hoek bij de bar.

Ik zei niets, liet alles op zijn beloop.

Ik kon me mijn vader niet op een krukje bij een bar voorstellen. Kijk, hij zit daar, hij is jouw vader, iemand die ooit met een grote boog om een café heen liep.

Ik liet hem expres alleen en ging aan de andere kant van de bar staan.

Het was acht uur. Ik was niet de enige die iets zou voorlezen.

Eerst lazen anderen voor uit eigen werk. Ik was de derde, de laatste.

Ik keek even naar mijn vader en begon toen mijn verhaal voor te lezen. Het was een verhaal over trekvogels. Ik dacht, er staan tranen in zijn ogen. Waarom?

Het is nu bijna drie weken geleden dat mijn vader weg is gegaan. Ik sta voor het raam van mijn studeerkamer en kijk naar buiten.

Ik wacht op iemand, maar op wie, dat weet ik niet.

Ik denk dat er ééns iemand zal komen, iemand die mijn intense heimwee kan verminderen.

Buiten is het mistig, maar ik kan toch nog een aantal dingen onderscheiden.

Ik kijk over de weilanden waar ik met mijn vader langsgelopen ben. Er hangt nu mist boven.

Ik kijk naar de oude dijk, waarover we samen hebben gefietst en naar de rivier, die nu door de mist een melkachtige kleur heeft gekregen.

Plotseling gaat de slagboom naar beneden en de brug omhoog. Er komt een groot wit passagiersschip voorbij. Het schip vaart de haven in en meert af aan de kade.

Ik kijk er oplettend naar. Er komt een aantal mannen aan dek. Ze blijven even bij elkaar staan. Dan verlaat een van de mannen het schip. Hij loopt over de kade naar de brug, steekt de brug over en wandelt naar de weilanden. Vervolgens loopt hij verder langs de gracht. Ik zie hem duidelijker. Het is een oude, magere man, hij heeft een lange jas aan en draagt een hoed.

Hij komt nu uit de mist te voorschijn. Hij draagt iets onder zijn arm. 'Ach! Daar komt hij.'

December 1992